メディアワークス文庫

後宮の弔妃

冬馬 倫

登場人物

イラスト／丑山雨

李飛❖りひ

廉新から一番の信頼を寄せられる臣下で、武に長けた美形の太監。皇帝に無礼な態度をとる春麗を快く思っていない。

廉新❖れんしん

血なまぐさい政争のすえ皇位に就いた、中津国一六代目皇帝。美しく若く聡明で、皇帝らしからぬ優しい性格から、気難しい春麗に認められるように。

春麗❖しゅんれい

「弔妃」と呼ばれる、永遠の命をもつ伝説の妃。宮廷の怪事件と十五人の皇帝の死を弔ってきた。自身の不老不死を解くために生き、医学・科学に精通している。「謎解き」が何より大好物。

目　次

一話　同胞の兄弟

中津国《なかつこく》の朱雀宮《すざくきゅう》には弔妃《ちょうき》と呼ばれる役職の妃《きさき》が住んでいた。

弔妃という言葉にはいくつかの意味が込められていたが、その中のひとつに皇帝の寵愛《ちょうあい》を受ける妃というものがある。

歴代皇帝の中には彼女の聡明《そうめい》さを愛したもの、その色香に迷ったもの、その怪しさに惹《ひ》かれたもの、様々いたが、彼女と寝所を共にしたものはひとりもいなかった。

中津国の弔妃と寝所を共にできるものはこの世にはいない。中津国の太祖《たいそ》廉羽《れんう》が国法によってそのように定めたのだ。たとえ皇帝といえど彼女の無垢《むく》なる花弁を散らすことは許されない。

また、弔妃には皇帝の死を弔うという役目もあった。彼女が死を看取《みと》った皇帝は一五人におよぶ。

一六代、二四〇年以上の長きにわたって朱雀宮からこの国と皇帝の行く末を見守ってきたのだ。

およそ人智《じんち》を超えた存在と言えるが、その存在は限りなく秘匿されていた。

永遠の寿命を持つ不老不死の仙女は、宮廷の中でも一部の官吏しか知らない存在であったのだ。その存在はときに皇帝にすら秘密にされる。

事実、現皇帝である廉新《れんしん》も弔妃の存在を知ったのはごく最近のことであった。いや、昔からその存在の噂《うわさ》については耳にしていたが、まさか本当に実在するとは夢にも思っていなかったと言うほうが正確か。

「私は血なまぐさい政争の末に皇位を継いだからな。後宮の弔妃様から正統性を疑われているのかもしれないな」

皇位に就いてから三年、その間、彼女のほうから一切接触がなかったのはそういうことかもしれない。そのように自嘲気味に漏らすと長年の友人である李飛《りひ》は言った。

「それが本当ならばその仙女は酷《ひど》い娘です。皇帝の勅命によってその弔妃なる役職を解任すべきでしょう」

「いいや、それはできない」

皇帝廉新はかぶりを振る。

「後宮の弔妃は中津国でも特別な存在だ。彼女の存在を教えてくれた侍従に聞いたのだが、弔妃の役職を創立されたのは偉大なる太祖であるという。ならばその子孫たる私がそれを廃止するのは不遜というものであろう」

「しかし、廉新様は万乗之君《ばんじようのきみ》です。神聖にして不可侵の皇帝陛下です。即位して三年も経《た》つというのに挨拶にも来ないだなんて」

「なあに相手は二四〇年以上生きている仙女だ。人生の遥《はる》か先を行く先達と考えると腹も立たない」

「廉新様は聖人君子であらせられますな。俺はあなたのように達観できない」

「おまえが私の代わりに怒ってくれるから私が君子でいられるのかもしれないな」

廉新がそのように言うと李飛が持つ行灯《あんどん》の灯《あか》りが揺らめいた。

「それにしても今日は一段と闇深いな」

漆黒の闇夜を見る。まるで烏《からす》の羽根をちりばめたかのような暗闇であった。

「朱雀宮に住まう弔妃は光を嫌うと聞きます。灯籠に灯がともっておりません」

「ほお、後宮の弔妃は喪服のような黒い服を着ていると聞くが」

「それが本当ならば顔以外、闇夜に溶け込んでしまうでしょうな」

もしも、今、弔妃と出くわせば闇夜に首が舞っているような感じになるかもしれない。

李飛は怪異を信じていないようだが、闇に舞う首を見ればその考えを改めるかもしれない。

「しかし、それにしても皇帝陛下ともあろうお方が一貴妃のもとへ向かって、頼み事をしなければならないとは詮無いことです」

「そのように言うな。後宮の乱れを正すのも皇帝の仕事だ」

中津国の皇帝が人目を忍び、朱雀宮にやってきたのには理由があるのだ。それは昨今、宮廷を騒がせている怪事件の解決を弔妃に頼むというものなのだが、弔妃は皇帝の依頼を聞いてくれるだろうか。

「後宮の弔妃は二四〇年にわたって中津国を見守ってきたといいます。政治には介入しないが、謎解きには介入するとも」

「そうであったな。中津国の弔妃は謎がなによりもの好物であるらしい」

謎を栄養源にして生きているともっぱらの評判であるが、朱雀宮には米や肉の類いも納入されているとのことであるから、弔妃は霞《かすみ》を食べて生きているわけではないのだろう。不老不死とはいっても腹は減ると見える。

そのように考察していると李飛の持っている行灯が朱雀宮の奥にある建物を照らした。黒色の門扉の立派な建物が灯りに照らされる。

「侍従の話によればあそこに弔妃は住んでいるとのこと」

「それでは開門を命じて臣下の礼を取らせましょうか」

「待て待て。弔妃は皇帝といえども束縛できないのだぞ」

「まったく面倒な存在です」

「皇帝にも不如意はあるものだ。皇帝になって三年、皇帝ほど不便な生き物はいないと痛感させられたよ」

「たしかに廉新様は哀れなほど運命と国に振り回されておられます」

「今さら自分に従わない貴妃がいたとしても痛痒《つうよう》に感じないさ。それよりも気になるのは目の前にある水堀だ」

「なんてことはないただの水堀です。——その手前に紙が貼られていること以外はなんの変哲もない」

李飛はそのように言うと紙を手に持ち、紙に書かれた文字を読み上げる。

「この橋渡るべからず。橋を渡れば厄災が降り掛かるであろう——弔妃」

「来客を歓迎する様子ではないな」

「まったくです。しかし、橋を渡らず建物に入ることはできません」

「たしかに我々に翼があれば話は別だが。あるいは筋斗雲《きんとうん》が必要か」

「残念ながらどちらもありません。衛士たちに水堀を埋めさせますか」

「力業が好きな李飛らしい結論だが、そのような真似《まね》をしなくてもいいだろう。要は〝端〟を渡らなければいいのだ」

そのように言うと廉新は正々堂々と橋の真ん中を歩いた。

「なんと!?」

「端ではなく、中央を歩けばいいのだ」

「さすがは廉新様。その知謀、大陸一でございます」

「子供の遊びだよ。有名な昔話に同じ話があるのだ。ちなみに弔妃は橋の端に漆を塗っているようだな」

「漆……」

「まだ乾いていない。人が触ればかぶれるだろう」

「なるほど、それが厄災ですか」

「あるいはこの娘は毎晩、橋に漆を塗らせているのだろうか。よほど、来客が厭《いや》らしい」

「筋金入りの人嫌いですな」

「二四〇年にわたって引き籠もっているだけはある」

「それを解き放つのが我々の仕事です」

「そのためにはこの橋を越えないとな」

李飛は橋の真ん中を歩いて水堀を越え、建物の門に近づく。そのまま門扉を開けようとしたが、一瞬だけ躊躇《ためら》う。

「……門扉には漆は塗られていないようだ」

弔妃はそこまで意地悪ではないようである。話し合いの余地はありそうだ。そのような感想を抱きながら廉新は門扉が開くのを待った。李飛が丸太のように太い腕で門扉を開ける。ぎぎ、と黒い門はきしみ声を上げながら開いた。

その間、行灯は廉新が持っていたが、黒い門の奥にあるのは門以上に黒い闇であった。そしてその闇の奥にその人物はいた。

黒曜石を溶かしたかのような黒い髪に瑪瑙《めのう》のような瞳を持った少女がそこにいた。彼女は闇夜に浮かび上がるような白い肌をしており、建物の中で白と黒の色彩を紡いでいた。うんざりするほど美姫《びき》を見てきた廉新の目から見ても彼女は美しかった。

「――美しい」

自然と漏れ出た言葉を口にしてしまうが、その美貌の持ち主はさして感銘を受けなかったようだ。

弔妃と思《おぼ》しき少女は鈴を転がしたかのような涼やかな声で、

「かつて私は一五人の皇帝の死を看取った。その中で私の美しさにほだされたのは五人いる。統計的に三人に一人は私の美貌の虜《とりこ》になる。一五分の五が、一六分の六になったわけだ。この助平皇帝め」

と不遜なことを言ってのけた。その容貌に似合わぬ険のある台詞《せりふ》を平然と吐いた。

忠臣である李飛はその不敬を見逃さない。

「廉新様になんて暴言を吐きやがる！　ええい、許せぬ！」

李飛は腰の剣に手を伸ばす。無論、廉新は抜かせないが。

「丸腰の女を斬ったと誰に吹聴するつもりだ。おまえの忠節は有り難いが、これくらいのことで怒気を見せるな」

その言葉に目を丸くする李飛。

「この女は廉新様のことを助平と呼ばわったのですよ」

情状酌量の余地はないと主張するが、廉新はその程度で腹を立てなかった。

「私の後宮には三四名の美姫がいる。すべてのものと寝所を共にしたわけではないが、助平と言われても誇大表現には当たらない」

「不敬だと思います」

「この娘の前ではまだ尊敬されることをしていないからな」

「まったく、廉新様は甘すぎます」

そのように言うと李飛は怒りと剣を収める。弔妃は詰まらなそうに言った。

「なんだ、剣を抜かないのか。詰まらないやつだな」

「廉新様のご慈悲に感謝しろ」

「私のほうは受けて立つ気満々だったのだがね」

「ほう、剣を扱えるのか」

「いいや」

と弔妃は首を横に振る。

「私は荒事の類いはとんと苦手でね。その辺の女の童《めわらわ》にも腕をひねられるほどか弱い」

事実、弔妃の腕はか細かった。触れれば折れてしまうのではないかと思われるほどに繊細であった。武人の腕をしている李飛とは対極的である。

「ならばなぜ、そのような余裕をかましている」

「私は不老不死だからな。おまえに首を切り落とされようが明日にはその首は繋《つな》がっている」

「………………」

不老不死、という言葉を聞いた廉新と李飛は沈黙する。

後宮の弔妃が永遠の命を持つ仙女であることは事前に知っていたが、改めて本人の口から宣言されると驚きを禁じ得ない。この世界に永遠の命を持つものが本当に存在するのだろうか。廉新の代わりに李飛が尋ねる。

「女、貴様は本当に永遠の命を持っているのか？」

「おまえたちは永遠の命を求めてやってきたんじゃないのか？」

それに答えるのは廉新だった。

「我々は永遠の命に興味はない。中津国二四〇年の歴史で永遠の命を持つものは貴殿以外に現れなかった。それはつまり神がその存在を許容しなかったということだろう」

「ほう、よく分かっているじゃないか」

にこり、と妖艶に微笑《ほほえ》む弔妃。

「貴殿の美しさに惹かれはしたが、独占したいとも思わない」

「ならば私のなにがほしいのだ？」

「その知謀」

一言、短く言い放つ。

「ほう、おまえは太祖と同じで私の智慧《ちえ》を評価してくれるのか」

「そういうことだ。中津国の皇帝一五人に仕えた貴女《あなた》であるが、色香に迷ったもの、その怪しさに惹かれたもの、様々であっただろう」

「なかには私に恐怖し、朱雀宮を土塁で塞いだ皇帝もいる」

「私は貴殿の知謀に興味がある。二四〇年以上の長きにわたって蓄積してきたであろうその知識にも」

周囲を見渡す。弔妃の部屋には書物が散乱していた。その蔵書量は図書寮《ずしょりょう》に匹敵する。彼女の知識欲が旺盛である証《あかし》であった。

「貴殿は二四〇年以上にわたって生き、その間貪欲に知識を積み重ね、〝科学《サイエンス》〟と呼ばれる技能を得ていると聞く」

「西洋の言葉を知っているのか。博学な皇帝だことで」

「貴殿が科学と呼んでいると知っているだけさ。その本質などなにも知らない」

「サイエンスとは自然科学のことだ。この世界の万物を支配する法則、それがサイエンス」

「この世の真理、悟りに近いものだろうか」

「有り体に言ってしまえばそうだな。私は西洋の錬金術と東洋の練丹術を極めた女」

「医学にも精通していると聞くが」

「そうだ、医者でもある」

「なるほど、私には想像できないほどの知識を積み上げているということか。それでは問いたいのだが、この世界に〝呪い〟というものは存在するのだろうか」

「呪いねえ」

弔妃は面白おかしげに言った。

「神聖にして不可侵な皇帝も〝呪い〟だなんてものを信じているのだな」

「この世は不可思議なことだらけだ。例えば私のように絶対に即位するはずがなかった皇子が皇帝になったり、皇帝になった私が自然科学者に呪いを問うたりする」

「まさしくこの世は摩訶不思議《まかふしぎ》だな」

弔妃は廉新の物言いが気に入ったのだろう、呪いについて考察をしてくれた。

彼女はまず、「呪いは存在しない」と断言した。

「──ただし」

と続けた彼女は、そこで一呼吸を置くと解説を始めた。

「自分が呪われてしまったと思い込む人間は存在する」

「分かりにくいな。端的に言ってくれ」

廉新は性急に真意を尋ねる。

「呪いはおまえが考えているような便利なものではないということだ」

「というと？」

「相手を呪詛《じゅそ》して好き勝手にすることはできない」

「呪殺もできないのか？」

「いや、呪殺はできる。正確には呪われたと思い込んで勝手に死んでくれる可能性はある」

「思い込みか」

「思い込みの力は想像以上に強いのだよ」

弔妃はそのように言うと、部屋の片隅から粉薬を取り出す。

「これがなんだか分かるか？」

「分からない。なんの薬だ？」

「これは癌《がん》と呼ばれる腫れ物の薬だ」

「あの不治の病気の癌か。特効薬があるのか？」

「そんなものはない」

「ならば貴殿が持っているそれはなんだ」

「これは偽薬《プラシーボ》だよ」

「プラシーボ？」

「偽薬のことだ。私はこれをとある末期癌の患者に投与したことがある」

「偽物なのだろう」

「ああ、偽物だよ。しかし、これをのんだ患者たちはのんでいない患者たちより長生きなのだ」

「なんだと⁉」

「末期癌の患者たちにはこれは癌をも治せる仙丹《せんたん》だと嘘《うそ》をついて投与している。しかし、その嘘によって人の命が長らえる。僅かな間だが家族との時間を過ごせるのだ。素晴らしいことだと思わないか？」

「そうか、偽薬で人の寿命を延ばせるのならばその逆もあるということか」

「正解。おまえは聡明な皇帝だな」

ふふふ、と微笑む弔妃。

「呪いなんて存在しないけれど、呪いと呼ばれるまやかしを信じる馬鹿者はたくさんいるということだな」

「自分が呪われたと信じ込んでしまって身体《からだ》を壊すものが存在するのだな」

たしかに自分と皇位を争った兄弟の中にも迷信深いものがいた。とある兄弟に呪いをかけたのだが、呪詛返しを受けたと思って精神を病んでしまったものもいた。悪霊を恐れるあまり、最後は自分の目を潰してしまったものもいた。まったく、愚かな話であった。

「もしも迷信深いものならば、この屋敷に来ただけで呪われたと勝手に勘違いして自滅するものもいる」

「漆を塗った橋の件か」

「そういうこと。すべては科学的に説明できる」

「一から十まで理に適《かな》った話だ」

「それで呪いがあるか知りたかっただけなのか？　それだけのためにおまえはここへやってきたのか？」

「それだけじゃないが、呪いがあるか確かめたかった。そして呪いがあるのならば解き放ちたい呪いがある」

「なるほど、本命はそれか。ちなみに私の顔にお人好《ひとよ》しって書いてあるか？」

「いいや、書いていないが」

生真面目な皇帝は生真面目に答える。弔妃は戯れながら問いを重ねる。

「その理由はなんでか分かるか？」

「分からない」

弔妃は大きく溜息《ためいき》をつきながら言った。

「その理由は私がお人好しじゃないからだ。皇帝だからって命令すれば従うと思っているなら大間違いだ」

「しかし、この一件を解決しなければ後宮が静まらないのだ」

「しかしもへったくれもない。橋に書いてあるだろう、この橋渡るべからず。橋を渡れば厄災が降り掛かるであろう、と。さあ、去れ。このままだと災厄がやってくるぞ」

「貴殿が私になにかするというのか」

弔妃の漆黒の瞳が妖しく光る。

「そういうこと」

「それは困るな。私はこの国の皇帝だ。国政をおろそかにできない」

「ならばおとなしく帰ることだ」

弔妃は「去《い》ね去《い》ね」と手のひらをひらひらと振るが、廉新としてはこの程度で立ち去るつもりはなかった。

「後宮の弔妃よ、貴殿には報酬を用意してある」

「私に買収は利かないぞ。何年生きていると思っているのだ。物欲なんてとうに涸《か》れ果《は》てている」

「しかし、知識欲は無限大だと聞く」

部屋を見渡す。研究室のような部屋は女性の部屋というよりも怪しげな練丹師のもののように見える。

「後宮の弔妃、物は欲しがらねど、謎を欲す。侍従にはそのように聞いている」

「余計なことを言う侍従だな。首にしろ」

「しかも後宮の弔妃は生命にまつわる謎が大好物だとも」

「なんという調査力の侍従。ますます首にしてほしい」

「いいや、それはできない」

「ならば私の興味を引く謎を提示するのだな。もしもその一言で私の興味を引けたら話を聞いてやらないこともない」

「好機は一度のみということか。ならば慎重に言わなければな」

廉新は一つ頷《うなず》くと、おもむろに言い放った。

「もしも二〇ヶ月も妊娠している貴妃がいると言ったらどうする？」

その言葉を聞いた弔妃は、満面の笑みをたたえながら言った。

「その話、詳しく聞かせてくれ」

——と。

†

弔妃は皇帝を椅子に座らせると、侍女に茶を入れるように命じた。

詳しく話を聞くという意思を表明したのだ。皇帝を客人としてもてなすという意思表示でもあるが、側近である李飛は客とは認めず、もてなさない。なぜならば李飛という男は先ほどから無礼だからだ。開口一番に斬り伏せるだの、皇帝に敬意を持てだの口うるさくて敵《かな》わない。それに学者肌である弔妃にとって武人肌である李飛とは相性が悪い。要は脳まで筋肉でできているような男は好かないのだ。

――一方、皇帝の廉新のほうはどうであろうか。

一五人の皇帝を看取ってきた弔妃として見ても、廉新は歴代皇帝の中でも〝なかなか〟の美丈夫だった。

線は細いがひ弱さを感じさせない身体のつくりをしている。しなやかにして軽やかな筋肉を持っていた。また顔の造作もよい。目鼻立ちが整っており、婦女子の目を引く。もしも弔妃がただの小娘ならば抱かれたいと思ったかもしれない。だが、弔妃はただの人ではなかった。悠久の時を生きる仙女なのだ。性欲などというものもとうに涸れ果てていた。

ゆえに好みの美男子として扱うのではなく、顔〝だけ〟はいい依頼者として扱うことにした。

自分好みの謎を持ってきたただの皇帝として遇するのである。

「というわけで鈴々《りんりん》、皇帝陛下に茶を出してやれ。――ただし、上等なものでなくていい」

侍女の鈴々にそのように命じると、彼女は「恐れ多くも皇帝陛下です。上等なお茶をお出ししましょう」と意見してきた。なんなら自腹で金箔《きんぱく》を入れたいとも言う。

相変わらずの小市民ぶりであるが、気にせず中等級の茶を出させる。彼女はせめて茶柱を立たせようとしたが、自在にできるものでもなかった。やたら茶かすが入った茶を出された皇帝は困惑している。その様子に鈴々はさらに慌てふためいたが、弔妃は気にせず廉新に〝呪い〟の詳細を聞いた。

「それで二〇ヶ月も妊娠している貴妃がいるというのは本当なのか？」

「本当だ」

「知っているか？　人間の雌の妊娠期間は十月十日だ」

「それも知っている。しかし、その娘は二〇ヶ月も妊娠しているのだ。さらに言えば二〇ヶ月経っても出産の兆候を見せない」

「面白い話だな」

「面白いものか。後宮では呪いだと大騒ぎだ」

廉新は憮然《ぶぜん》とした顔で言う。

「まあ、たしかに二〇ヶ月も妊娠している娘がいたら後宮は騒然となるだろうな。容易に想像できる」

「その想像通りの事態になっているよ。おかげで宮廷のほうも騒がしくて仕方ない。朝議のたびに呪いの話になって国政に集中できない」

「まあ、皇帝陛下が二〇ヶ月も出産できないような忌み子を孕《はら》ませてしまったのだから仕方あるまい」

「残念ながらその通りだ。中には私が即位すべきではなかった、兄を殺して即位した私に対する報いだと陰で囁《ささや》くものもいる始末」

「呪われる理由もそろっているのだな」

「ああ、このままでは私を廃立して兄の忘れ形見を即位させようという動きになりかねない」

「お優しいことだな」

「どういう意味だ？」

「自分の手で殺《あや》めた兄の子を生かしてることがだよ。帝位を簒奪《さんだつ》されないように殺すのが普通だ」

「ならば私は普通ではないのだろうな。兄上を殺したとき、もうこれ以上、身内は殺さないと心に誓った」

「本当、優しい皇帝だな。こうして内密に解決しようとしていることからも分かる」

「どういう意味だ？」

「だって、その貴妃にしても始末してしまうという方法もあるだろうに。そこの忠誠心過多の脳筋に始末を命じることもできる。でも、おまえはその方法を採らなかった」

「私は畜生ではない」

「ならばおまえのご先祖様一五人の半数は畜生だよ。きっと歴代皇帝ならば内密に処理する道を選ぶ」

「…………」

「その優しい性格に免じてこの依頼を受けてやる。呪いだなんてものは誤謬《ごびゅう》で、すべては科学で解決できることを証明してやろう」

「ありがとう」

「ほう、皇帝陛下が臣下に礼を言うのか。こういうときはよきにはからえ、ではないか？」

「それは私の先祖だけだ。私から貴殿に頼み事をしている。皇帝としてではなく、人としてお願いしている」

「……本当に変わった男だな」

「よく言われる」

「その性格に産んでくれた母親に感謝するんだな」

少し思いを馳《は》せるように廉新は頷いた。

「ああ、ずっとするさ。――それでは私は処理しなければいけない書簡があるのでこの場を辞するが、何日ほどで呪いを解《と》いて貰《もら》えるだろうか」

謎の深大さなど大したこともなげに、迷わず弔妃は言った。

「――一週間、と言いたいところだけど、おまえの心の安寧のため、三日でやってやろう」

「ありがとう――」

「なにを言いよどんでいる？」

「いや、弔妃、と続けようと思ったのだが、役職名で呼び合うのはどうかと思ってな」

「たしかに私も皇帝と呼ぶのは違和感があるな。いいだろう。おまえには特別に名前を教えよう。私の名前は春麗《しゅんれい》」

「しゅんれい――。どのような字を書くのだ」

「春に麗しいと書いて春麗。どこにでもある平凡な名前だろう」

「世界にふたりといない不老不死の娘にしては平凡かもしれないな。だが、いい名前だと思う」

「私も好きだよ。母さんが付けてくれた名前だからな」

「お互い、母親が好きなようだ。共通点が見つかったのは嬉《うれ》しいが、今日はここまでだ」

一瞬和らいだ表情を引っ込めるように、廉新はそのように言うと茶を飲み干し、立ち上がる。

「さらばだ、春麗。国政で忙しいというのは嘘偽りではないようだ。見事呪いを打ち払ってくれ」

そのように言い残すと美丈夫の皇帝は立ち去っていった。彼の腹心である李飛という青年も。

春麗は彼らの後ろ姿を見つめるが、それは名残惜しいからではなかった。

（……皇帝め、まだなにか隠しているな）

そのことに気がついたが、ここで言わないということはその謎も自分で解き明かせということなのだろう。

二つの謎を、春麗は受けて立つ気持ちになった。

歴代皇帝にもこのような謎を解き明かせとせがまれたり命令されたりしたことがある。春麗はそのたびに事件を解決し、見事、彼らの信頼を勝ち取ってきたのだ。

今回も過去に解決してきた数多《あまた》の事件と同じように謎を解決するだけだった。呪いなどないと証明するために。

†

中津国の後宮には二〇ヶ月も妊娠している妊婦がいる、どうかその謎を解明してくれ、というのが皇帝の依頼であった。

簡単な依頼――ではない。

春麗は中津国の後宮の人間でありながら、これまでまったく後宮と関わりがなかった。春の花見にも参加しなければ夏の船遊びに参加することもない。秋の紅葉狩りも冬の雪見酒にも参加したことはない。後宮の宴《うたげ》にも宮中行事にも興味がない春麗にとって、後宮とは未知の場所であった。つまり件《くだん》の妊娠二〇ヶ月の妊婦と接触するのも難しいのである。

「私は朱雀宮一の智慧ものだが、後宮内につてがないのが弱点だな」

皇帝に泣きついて調査権を勝ち取ることもできたが、廉新はことを内々に収めたがっていた。それに春麗もあまり大事にしたくなかった。

後宮の弔妃が数年ぶりに動いた、となれば宮廷が騒がしくなるかもしれない。皇帝の依頼を受けたのだから自分の依頼も受けろという厚顔な輩《やから》が現れる恐れもあった。それは平穏と静謐《せいひつ》をなによりも愛する春麗にとって苦痛に他ならない。春麗は密《ひそ》かに調査をすることにした。

ただの女官として妊婦と接触し、呪いではないと証明することにしたのだ。

そのために春麗は侍女の鈴々に命令をした。

「どこにでもいるような女官の服を用意しなさい」

鈴々は驚く。

「春麗様は別の宮に潜入されるのですか？」

「そうだ」

「服を用意するのは簡単ですが、春麗様の高貴さは隠し通せません。ばれてしまうかも」

「ばれてしまえばそのときはそのときだ」

「はあ、分かりました。どこにでもいるような洗濯婦の衣服を用意しますね」

「うむ、それは有り難い」

侍女の鈴々とそのようなやりとりをするが、馬子にも衣装という言葉の〝逆〟もあるようだ。洗濯婦の服を着ると春麗から溢《あふ》れ出《で》ている気品というやつを大分隠すことができた。どこにでもいるような宮女とまでは言えないが、客観的に見てどこぞの名家の娘程度には素性を隠すことができるようになったのではないかと思われた。

洗濯婦の服を着てくるりと回転し、自分の姿を楽しむ。

「懐かしい。不老不死になる前は私もこんな格好をしていた」

「春麗様も人間だったことがおありなんですか」

「私は生まれながらの仙女ではない。人間だった頃もある」

「伺ってもよろしいですか？」

「他愛もない話だ」

　取り合わなかったのは隠し立てしたいからではなかった。ただ、不老不死になった経緯を思い出したくなかっただけだ。ろくでもない理由で不老不死になったのだ。できればそのときのことは忘れてしまいたかったが、この三〇〇年間頭からあの日のことが離れたことはない。

　今も昨日のことのように思い出しそうになるが、春麗はその記憶を押しとどめると、呪いの妊婦を探しにまずは玄武宮《げんぶきゅう》に向かうことにした。

「そういえば件の妊婦はなんというのだろうか」

　廉新から名前を聞いていなかったことに今さらながら気づいたが、まあ、妊娠を二〇ヶ月もしていれば噂の的になっているだろう。玄武宮の洗濯婦が集まる一角に向かうと噂話に耳を傾けた。案の定、洗濯婦たちは件の妊婦の噂をしていた。

「ねえ、聞いた。青龍宮《せいりゅうきゅう》の貴妃様の話」

「聞いた。もう、二〇ヶ月も妊娠しているそうね」

「らしいわね。臨月になって一年近く経つのに、一向に生まれないんですって」

「怖いわねえ。鬼神や幽鬼の仕業かしら」

「噂によると皇帝陛下の兄上様の祟《たた》りだとか」

「っし、滅多なことは言うもんじゃないわよ」

そのようにたしなめたのは年嵩《としかさ》の洗濯婦だった。貴妃の噂までは許容できるようだが、ことが皇族に及べば実害が及ぶからだろう。誰かが告げ口をすれば処罰は免れないのだ。洗濯婦たちは声を潜める。

春麗はその中でも懲りない連中を探し出すと彼女たちから噂を聞き出す。口うるさい人間のいないところへ女たちを呼び出し、噂の子細について尋ねた。

「二〇ヶ月も妊娠している妊婦がいるそうだが、その噂は本当なのか？」

「本当みたいよ」

「妊娠しているとどうして分かった」

「そりゃあ、お腹《なか》が大きくなるんだから分かるでしょう」

「ただ太っただけかもしれない」

「後宮の御典医がちゃんと確認したわよ」

「その情報はたしかなのか？」

「たしかじゃなければここまで噂は広まらないでしょう」

「なるほどな。ちなみに皇帝の兄の呪いだというのには根拠があるのか？」

「そりゃあ、今の皇帝陛下は実の兄上様を殺して皇帝になったのだもの。変な噂も出るわよ。理由はそれだけじゃないけど」

「他にもなにか理由があるのか？」

「その妊娠したって貴妃様、その兄上様の後宮にいた娘なの」

「なんだと⁉」

それは聞き捨てならない情報である。

「皇帝陛下が皇位を継がれて兄上様を討伐されたあと、兄上様の後宮にいた貴妃はそのまま受け継がれたの」

「兄の後宮を受け継いだわけか。とんだ助平皇帝だな」

腹心の李飛が聞いたら怒り狂いそうな台詞を発する。

「そうじゃないわ。皇帝陛下はお優しいのよ。兄上様の貴妃たちに暇を与えて解散することもできたの。それなのにそれをしなかったのは今さら彼女たちが市井で働けるわけがないと思ったからでしょう。要は貴妃たちにそのまま仕事を与えたのよ」

「なるほどな。そのような見方もできるか」

廉新の人となりを考えるとそちらのほうが説得力を持つ考察であった。

「しかし、それでも兄の貴妃に手を付けて妊娠させたという事実は変わらないが」

皮肉を隠さずに付け加える。

「いや、それなんだけどね――」

洗濯婦のひとりが春麗の皮肉を否定する。

「皇帝陛下は兄上様の貴妃たちと褥《しとね》を共にしていないらしいのよ」

「それはどういう意味だ？」

「そのままの意味よ。皇帝陛下は兄上様の貴妃たちに手を付けていないの」

「それなのに妊娠したのか？」

「そういうこと。ね、亡くなったお兄様の呪いとしか思えないでしょう？」

「たしかに――」

呪いなど一切信じていない春麗が相槌《あいづち》を打ってしまうくらいに不思議な話であった。

しかし、廉新のやつ、そのような肝心な情報をすべて伏せていた。これではいくら春麗が有能でも謎を解き明かせないではないか。こうして洗濯婦に扮《ふん》していなかったら入手できなかった情報である。廉新の食わせものぶりに春麗は呆《あき》れ果《は》てる。

「しかし、廉新様が皇帝になられたのは三年前だろう。妊婦が妊娠したのは少なくとも二〇ヶ月前だ。計算が合わない」

「馬鹿ね。だから呪いなのよ。お腹の子は鬼子よ、鬼子」

「――鬼子ね。そんなものは存在しないがね」

ぽつりとつぶやく。春麗は三〇〇年以上生きているが、鬼子や幽鬼の類いに会ったことがなかった。自分の身に起きたこと以外に超常的な現象と遭遇したことがないのだ。今回も科学的に説明ができるなにかがあるはずであるが、そのための材料はまだ見つかっていなかった。

洗濯婦たちの噂だけではなにも証拠が得られないと悟った春麗はより詳しい情報を得るため、妊婦を診察した医者に会いたいと思った。その名前を聞く。

「いや、名前は言えるけど、お医者様は偉い人よ。わたしたち洗濯婦が容易に会えるお方じゃないわ」

「かもしれないが、私にはつてがあってね」

後宮にはつてはないが、医者にはつてがあった。春麗自身、医術を究めているということもあるが、宮廷医に知り合いがひとりいるのである。しかも宮廷医を束ねる偉い人物に。

†

中津国の宮廷医官長に範会《はんかい》という名の男がいる。宮廷にいる御典医たちを束ねる重職にある人物である。その齢《よわい》は七〇を越え、老境の域にあったが、老いを知らぬ男で今もなお現役で医術を施していた。先日も朝廷の官吏のひとりを手術し、有能な臣下を救ったと皇帝から褒美を賜った。宮廷での官位は五品官《ごほんかん》に相当し、皇帝の玉体を直接診ることができる数少ない人物でもあった。要はとても偉い医者なのだが、春麗はこの人物のことをよく知っていた。──それこそ彼がおしめをしていたときからの知り合いであった。いや、有り体に言えば春麗は彼の母親なのである。範会は乳児の頃に春麗が拾い育てた子なのである。それが長じて宮廷医官長になったというわけだ。

まったく、立派に育ったものだ、と老人の頭を撫《な》でると範会は軽く憤った。

「母さん、いい加減子供扱いはやめてくれ。わしはもう七〇の老人だよ」

範会が老いの目立つ唇からしわがれた台詞を発した。

「いくつになっても可愛《かわい》い子供さ。私が拾って育てた」

「拾ってくれたことは有り難いけど。子供扱いは勘弁してくれ」

「ならば大人になったところを見せておくれ」

そうは言っても大人になったことなど容易に証明できない。範会は子供のような扱いを受け入れるしかなかった。

「……はあ、母さん、分かったから。またわしになにか頼み事なんだろう」

「話が早いじゃないか。どうやら今、後宮で面白い事件が起きているようなんだ」

「面白い事件？」

「妊娠二〇ヶ月の妊婦がいる」

「ああ、母さん、その情報を嗅ぎつけちゃったか」

「なんだ。おまえも知っていたのか」

「わしは宮廷医を束ねる立場の男だよ。知らないわけがない」

「じゃあ、なぜ、私に黙っていた」

「そら、母さんが知ったら興味を持つと思ったからさ」

「さすがは母さんの子だ。分かっているじゃないか」

「そして必ず首を突っ込んでかき乱してくると思ったのさ」

「それも正解だ」

「はあ、そして母さんは言うよ。その妊婦と主治医に会わせろ、と」

「もちろん、その予定なんだが」

「母さんは謎が好きだからね。しかも人体に関わる謎ならば余計だ」

「そうだな。私は早くこの不老不死だなんてけったいな身体からおさらばしたいからね。仮にもしも妊娠二〇ヶ月の妊婦が存在するとしたら、不老不死を解く手助けになるかもしれない」

「そりゃあ、そうかもしれないが、この件はとても政治的な話なんだよ。すでに知っているだろうけど、この件の娘、名を史蘭《しらん》というのだけど、皇帝陛下の兄君の元貴妃なんだ」

「知っている」

「未《いま》だに陛下の兄君の血筋が正統と主張する朝臣もいるくらいなんだ。そんな中、兄君の元貴妃が異常な妊娠をしていることがどれくらい政治不安に繋がっているか」

「それを解決してくれと皇帝本人に頼まれた」

「なんだって⁉　陛下が」

「そうだ。私は皇帝の命のもとこの怪事件に携わっている」

「……そうか。陛下が母さんに依頼をしたのか」

「最初は面倒な依頼だと思ったが、今は好奇心に包まれている。この謎好きの身体がうずいている」

「それじゃあ、止めることはできないね。しょうがない。……ただ、とても危険だから注意してくれよ」

「たかだか妊婦を調べるだけじゃあないか」

「それは違う。ことは政治的な話になっていると伝えたろう。陛下の兄君の血筋を正統だと主張する連中に襲われる可能性もあるってことなんだ」

「なんだ、悪漢に襲われる心配をしてくれてるのか。ならば心配は無用だ。私は不老不死の娘だよ。短剣で胸を突かれたって死ぬことはないんだ」

そう宣言し、息子に心配を掛けないように胸を張ってみせた。

だが、翌日、その胸を刺される。

妊娠二〇ヶ月の娘こと史蘭とその主治医に面会をした帰り、何者かに襲われたのだ。朱雀宮に帰る道すがら、春麗は黒衣の男に襲われ〝刺殺〟されたのである。

恐らくであるが、皇兄派《こうけい》は春麗が妊娠の謎を解き明かしたと思ったのだろう。だから暴力という卑怯《ひきょう》な手段によってすべてを闇に葬ろうとしたのだ。──そこまでは頭の回る悪役ぶりであったが、彼らの間抜けな点は〝不老不死〟の相手を刺したことであった。

さらに短剣で胸を刺された娘は、医術にも長《た》けていた。致命傷を負っていたはずであるが、自分の屋敷に戻ると自ら手術をして治してしまったのである。ちなみに短剣は心臓まで達していた。

春麗は自分で己の胸の傷を縫合しながらつぶやいた。

「私を殺そうとしたこと自体が呪いなどないという証拠になったな。史蘭はやはり妊娠などしていなかった」

すべての謎が氷解したわけであるが、その答えを披瀝《ひれき》するべきであろうか。

ことは政治的な問題でもあった。春麗はこの世の不思議には興味があったが、政治には興味がなかったのだ。しかし、皇帝との約束もある。それに皇兄派は平然といたいけな娘を刺殺するという暴挙に出る連中であった。当然の末路として政治的影響力を削《そ》ぐべきであろう。そう思った春麗はすべてを白日のもとに晒《さら》す決意をした。

「悪は誅《ちゅう》されるべきなのだ」

そのような独り言を漏らすと、苦手な太監《たいかん》、李飛に謎を明らかにする場所を用意して貰うことにした。皇帝と史蘭、それに春麗を刺したと思われる皇兄派の大臣が一堂に会する席を用意して貰ったのだ。

そこですべての謎を解明して皇帝の依頼を完了させたかった。

侍女である鈴々は「皇帝陛下に直訴すればいいのでは」と言ったが、それでは史蘭を救えないのだ。

とある病気に罹《かか》っている史蘭を救うには、まず順序立てて彼女の妊娠が幻想であることを伝え、それを納得させ、「手術」を受けさせる必要があったのである。それにはそれ相応に演出が必要であった。

†

青龍宮の貴妃、史蘭は幸せの中にいた。

自分の腹に手を当てる。この腹の中に新しい命があると思うとつい笑みがこぼれてしまうのだ。しかもその子が治天の君であらせられる皇帝の子ともなると笑みが絶えない。

この国の皇帝廉新は今のところ子供がひとりもいない。もしも史蘭が子供を産めば初めての子を授かったことになる。男の子ならば将来の皇太子となり、史蘭は皇后にだってなれるかもしれないのだ。そんな未来図を考えると思わず表情も緩むが、今日も診療にやってきた後宮医の表情は厳しい。

いつものように着物を脱がせると触診をする。そして「……陣痛は起きていませんよね」と問うた。史蘭はいつものように、「ええ、いつもどおりよ。お腹が張っているだけでなんの問題もないわ」と返答した。

「………」

問題は大ありだ、と後宮医は思った。

史蘭の妊娠が発覚してから一六ヶ月、通常ならば一〇ヶ月前には生まれていなければおかしい。なのに彼女は一〇ヶ月も長く妊娠をしているのだ。これは医学的にあり得ないことであった。

後宮医は苦渋の表情を浮かべる。昨今、史蘭の妊娠は現皇帝の兄の呪いのせいという噂が広まりつつあった。呪いに対してなんの処置も施せない後宮医は無能であるとの評判も立っているのだ。

しかし、その評判は的確かもしれない。なにせ後宮医は史蘭が妊娠していないことを知っているからだ。

この二〇ヶ月、定期的に史蘭を診てきたが、恐らくではあるが彼女は妊娠していなかった。

なにせその大きな腹を聴診しても胎児の心の臓の音が聞こえないのだ。腹部には明らかになにかが詰まっているのだが、まるで生命の息吹を感じさせないのだ。

いったい、なにが詰まっているのだろうか？　医者としての知的好奇心が刺激されるが、それが満たされることはない。宮廷で暗躍している皇兄派がそれを許さないからだ。

彼らにとって妊娠二〇ヶ月の妊婦はなによりもの政治的材料であった。このまま妊娠が三〇ヶ月になってくれてもよし、あるいはこのまま子供を産んでくれてもよし。どちらに転んでも彼らには得になる。なにせ史蘭の子は皇帝の兄が呪いによって宿したという評判なのだ。この世に生まれ落ちれば一波乱あることだろう。

つまり後宮医は政治的な理由で史蘭を帝王切開することができなかった。

その腹に〝なにか〟が詰まっていると分かっていても。

医者として口惜《くや》しいことであるが、先日やってきた黒衣の娘はこのように言っていた。

「この娘に必要なのは産着《うぶぎ》ではなく、治療だよ。一日も早く腹を切り開いて〝呪い〟を取り出さなくては」

そして、「後宮医殿ができないのならば私がしてもいい」とも言っていた。

まったく、不思議な女性であった。とても美しい少女で、作り物のような雰囲気を醸し出しているのだが、目の力だけはやたらに強い。力強いまなざしが生命力を増幅させているのだ。

すべてを見透かすようなその瞳で、彼女は一瞬で史蘭が妊娠していないと感づいたことになる。まるで仙女のような娘であった。

「あの娘がこの難題を解決してくれるのだろうか」

後宮医は胸のうちでそうなってくれるように祈りながら、史蘭の診察を終えた。

†

二〇ヶ月の妊婦とその関係者、春麗刺殺事件の黒幕が集められたのは、朱雀宮の一角にある桃園《とうえん》だった。

季節は初春、桃の花が咲きかけた時期、桃園は桃色の花々で包み込まれていた。むせ返るような桃の花の匂いに包まれながら、春麗は関係者が集まるのを待った。

まずやってきたのは春麗刺殺命令を下した大臣であった。皇兄派の領袖であり、いまだ亡き兄の血筋を即位させようと画策している輩だ。

名を諸自世《しょじせい》というらしいが、腹の出っ張った大柄の男で、若い頃は武人として名を馳せた人物らしかった。政界に転じてからは土木などを司《つかさど》り、司空《しくう》の位も狙えるかという顕官であるらしい。なかなかの経歴の男であるが、皇帝や大臣など見飽きている春麗にとってはただの太った中年男でしかない。

そのような感想を抱いていると、次いでやってきたのは花のようなる天子様であった。彼は、桃の花にも負けない存在感を持った皇帝の脇には、忠臣である李飛が控えていた。彼は、本当にすべての謎を解いたんだろうな、という視線を送ってきた。無論だ、と無言で返す春麗。最後にやってきたのは諸自世よりも大きな腹を抱えた女性であった。後宮医もいる。これで役者は全員揃《そろ》った。

まずは花見としゃれ込むため、春麗は鈴々にお屠蘇《とそ》を配らせていた。酒のない花見は詰まらないと思ったのだ。史蘭以外の関係者は全員飲んでくれた。

「妊婦であるわたしは飲むことはできませんが、みなさん、楽しんでください」

史蘭は大きなお腹を押さえながら言った。

酒を飲み終えると、皆の中で一際機嫌の悪い諸自世が言った。

「それで忙しい我々を集めてどうする気なんだ。いったい、その黒い着物の娘は誰なんだ」

やあ、こんにちは、私は先日君に刺殺命令を下された弔妃という役職の娘だよ。そう明るく言ってやろうかと迷ったが、この場で自分が不老不死であると説明をするのは面倒であった。それに刺されたことに腹を立てていたが、遺恨には思っていなかった。三〇〇年も生きていれば短刀で刺されることなど一度や二度ではない。いちいち怒っていたら身が持たない。今日は史蘭の妊娠問題についてだけ語り合いたかった。

「今日集まって貰ったのは今、宮中を騒がせている妊婦史蘭について話したかったからだ」

「まあ、わたしのことについて」

史蘭はあどけない表情で口を開く。

「わたしになにか問題でも？」

「君自身はなにもしていないが、君の腹に宿っている生命体が悪さをしている、ありもしない呪いを振りまいているんだ」

「どういう意味ですか？」

「君が自然の摂理に反して二〇ヶ月も妊娠しているから、皇帝の兄の呪いだと皆が騒ぐようになった」

「これは呪いではありません。この子は皇帝陛下から授かった子です」

「だそうだが、廉新よ。この娘に手を付けたことはあるのか？」

一同の視線が集まる中、廉新は「いいや」と首を振った。

「兄上から受け継いだ貴妃たちに手を付けたことはない」

「――だそうだが？」

史蘭は返答に窮するかと思ったが、さも廉新が嘘をついているかのように反論した。

「なにをおっしゃっておられるのです。陛下、二年前のあの夜をお忘れですか、お酒をしこたま飲まれてわたしの寝所にお越しになられたではないですか」

「寝所までは行ったが、添い寝をして帰ったはず」

「添い寝だけではございません。あの日、陛下はわたしを求められました」

「…………」

廉新が沈黙したのはそのときの記憶に自信がないからだろう。あるいは万が一、ということもあるから、腹の子は自分の子ではないと断言しないのかもしれない。

春麗になにも言わずに調査させたのはそのためかもしれない。

「仮に求めたとしても一度の行為で妊娠などするものであろうか」

「一度だろうが、一〇〇度だろうが、身ごもってみせます。わたしの中にいる子は皇帝陛下の御子《おこ》です」

うっとりと断言する史蘭に、皇帝が窮していると李飛が言った。

「しかし、二〇ヶ月も妊娠するのはおかしいではないか。陛下は人間だ。物《もの》の怪《け》ではないのだから二〇ヶ月も子供を宿せない。おまえが悪鬼や幽鬼の類いなのではないか？」

「わたしはただの人間でございます。お腹の子はきっとこの世界を統べる子になるため、大きく生まれたいのでしょう。だからわたしのお腹から出ないのです。もうしばらくお待ちください」

愛《いと》おしげに腹をさする史蘭。しかし、春麗は無情にも言う。

「いや、貴殿の腹の中には皇帝の子はいないよ」

その言葉を聞いた史蘭は一瞬、鬼神も避《よ》けるかのような険しい顔をする。

「……あなた誰？　先日も来たけれど」

このままでは埒《らち》が明かない。春麗は多少の面倒を覚悟して身分を明かした。

「私は、後宮の弔妃だ」

まさか――この少女が噂で聞いたことのある「弔妃」だというのか。代々の皇帝を看取ってきたという幻の存在を目の当たりにして言葉をのむ後宮医をよそに、史蘭はあっけらかんと言いのけた。

「聞いたことがない役職ね」

「秘匿されている役職だからね」

「その弔妃がわたしになんの用なの」

「この世に呪いはない。貴殿の腹には皇帝の子はいないということを伝えたい」

「……また言ったわね。あなた、不敬よ。わたしは未来の皇后になるかもしれない女なのよ」

「そのときは一緒に茶飲み話でもしたいが、今はそれよりも貴殿の腹の中にあるものを取り除きたい」

「帝王切開をする気？」

「そうだ」

「いやよ。わたしは普通に産むの」

「そのままだと貴殿は死ぬかもしれんぞ。近頃、腹が痛くて仕方ないのではないか？しかもそれは陣痛ではないはず」

「わたしは未来の皇帝を産むのよ。少しくらいの痛みならば耐えられるわ」

そのようなやりとりをしていると、口を挟んできたのは大臣諸自世だった。彼としてはこの異常妊娠を論《あげつら》って皇帝の権威を失墜させ、兄の子に皇位を継がせるというのが基本戦略なのだろう。史蘭の味方をする。

「史蘭殿は帝王切開はいやだと言っているのだ。弔妃とやらが何者か知らないが、嫌がる貴妃の腹をさばく権利はなかろう」

「時と場合によるね。このままでは命に関わる」

「古来、出産とはそのようなものだ。危険が伴う」

「どこまでも妊娠を利用するつもりだな。ならば皇帝陛下に裁可を仰ごうか」

「私に？」

皇帝は神妙な面持ちになる。

「万乗之君であらせられる皇帝陛下が命令なさるのならば絶対だ」

「そうか、私に決定権があるのだな。責任重大だ」

「さあ、嫌がる女の腹を切り裂かせてくれ」

「……史蘭は本当に妊娠していないのか？」

「それはおまえが一番よく知っているだろう？」

史蘭を抱いていないという点においては、廉新には確信があったようだ。

「彼女は妊娠していない。だけど腹にはなにかが詰まっているのだな」

「そうだ。呪いが詰まっているんだよ。一刻も早く除去せねば」

「……分かった。皇帝の権限を以《もっ》て命じる。史蘭、手術を受けよ」

「そ、そんな」

その言葉を聞いた史蘭は肩を落とす。

「わたしの腹の子は陛下の御子です。陛下はご自分の御子を殺すおつもりですか」

「母体に危険が及んでいるのだ。——史蘭、さっきからおまえは脂汗をかいているぞ。腹が痛むのではないか」

「そのようなことはございません——」

なにかを隠すように史蘭は取り繕った。

「そのようなことはあるよ。緊張する場に出てきていよいよ腹の中の出来物が主張を始めたんだろう」

そのように言うと春麗は史蘭の手首を取る。彼女の脈拍は異常に速かった。

「このままでは命に危険が及ぶ。緊急手術を行うが、後宮医殿、近くに外科手術を行える場所はあるかね」

「あります。この付近に診療所がある」

後宮医は慌てることなく、明瞭に答えた。

「それではそこで手術を行おうか。助手を務めてくれるか」

「はい」

後宮医はそう応えると史蘭を診療所に運んだ。

診療所に運び込むと、史蘭は「ううぅ」と唸《うな》りだした。

「やはりな。史蘭は腹の中の子を押さえつけるようにしていたんだ。その精神力で」

春麗がそう言うと、後宮医は尋ねた。

「え？　腹の中に子はいるのですか？」

「子はいるが、皇帝の子ではない。もちろん、死んだ兄の子でも、間男の子でもない」

「そんな、それではいったい、誰の子が？」

「それは腹を開ければ分かるさ」

春麗は史蘭に麻酔を掛ける。麻酔が効いたことを確認し、医療用の短刀を取り出す。

春麗が見事な手つきで開腹すると後宮医は感嘆の声を漏らした。

「後宮の弔妃は宮廷医を唸らせる実力の持ち主だ」

「私は医者の娘だった。永遠の生命を得てからも多くの患者を治療したよ」

「弟子入りしたいものです」

「母親劣等感《マザコン》の宮廷医官長範会に許可を取ってくれ。さて、それでは子宮の横にある物体を取り出すぞ」

「子宮の外？　子宮外妊娠ですか？」

「正確には妊娠ではない。史蘭は成熟嚢胞性奇形腫《せいじゆくのうほうせいきけいしゆ》に罹っていたんだ」

「成熟嚢胞性奇形腫？」

「後宮医でも知らない事例か。成熟嚢胞性奇形腫とは、例えるなら自分の身体の中で兄弟が育ってしまう病気のひとつさ」

「な、自分の身体の中で兄弟が育つのですか？」

「まぁ正確には、自分の分身というべきだが。共に育ったという意味では、兄弟ともいえるかな。いや、姉妹かもしれないが。嚢胞の中で別の臓器や身体の一部が育つ」

「それが妊娠に見えたんですね」

「おそらくは想像妊娠も関係しているのだろう」

「と申しますと」

「皇帝の子がどうしてもほしかった史蘭は自分が妊娠したと思い込むことによって症状を進行させた。最初はほんの小さな膨らみだったそれが思い込みに比例するように膨らんでいったんだ」

「想像妊娠は、後宮ではよくある症例です。月のものが止まるくらいのものがほとんどですが」

「史蘭が運が悪かったのは子宮のすぐ横に成熟嚢胞性奇形腫があったことだ。腹を膨らませたいと真摯に願い続けた史蘭の願いを聞き入れてしまったのが悪運の始まりだ。小さかった成熟嚢胞性奇形腫はみるみる成長し、乳幼児くらいの大きさになった」

そう言って成熟嚢胞性奇形腫を開くと、そこから人の身体の組織が出てくる。骨や髪の一部もあった。

「すごい、人間が作れそうだ」

「さすがに神ならざる我らにそんなことはできない。成熟嚢胞性奇形腫はただの肉体の一部だ。――もっとも、埋葬くらいはしてやるべきか」

こうして、史蘭の身体の一部は、朱雀宮の一角に丁重に埋葬されることとなった。

後宮医によって史蘭の子宮に子供がいないことが確認され、きゅっきゅと医療用の糸と針で傷口が縫合された。

「さあて、これにて呪いの妊婦の騒動は終わりだ。史蘭の病名は成熟嚢胞性奇形腫、よくある病気ではないが、この世界に存在するれっきとした病に苦しんでいた哀れな貴妃でしかなかったというおちだ」

執刀を終え、皇帝や李飛たちのもとへ帰ると、弔妃は彼らに報告した。

「やはりこの世界に呪いなどないのだな」

廉新は言う。

「ないね。この世に不思議なことなどなにひとつない。あるのは科学的な事実だけだ」

「此度《こたび》は後宮でもがき苦しむ貴妃を救ってくれて有り難かった。後宮の長として礼を言う」

「廉新様、なにも頭まで下げなくても」

李飛は慌てて制すが、廉新はやめない。

「これで私を失脚させ、皇帝位を兄上の子に継がせようとしている一派を黙らせることができる。政務に集中できるというものだ」

「それはめでたいことだ。ま、私としては今回も不老不死の謎を解けなかったのは残念だが」

「貴殿は不老不死の身体を解き放つ秘術を探しているのか?」

「そうだ。三〇〇年も生きると人生に飽きてくる」

「そうか、いつか普通の人間になれるといいな」

「祈っていてくれ。さて、これで後宮の弔妃は朱雀宮で研究生活に没頭するが、もう余計なもめ事を持ち込まないでくれよ」

「それは約束できないな。人間というもの、一度楽を覚えると味を占めるものだ」

「……つまり、またなにかあれば私を召し出すということか」

「ああ、貴殿好みの謎があれば呼び出すつもりだ」

「まったく、おまえというやつは遠慮がないな。一六代続いた皇帝の中でも一番神経が図太いぞ」

「褒められたと思っておこうか。それでは今回の褒美を取らせよう」

「褒美などいらない」

「そう言うな。なにかほしいものはあるだろう」

「そうだな。ならば六韜《りくとう》と呼ばれる書物の三三編目がほしい」

「所有していないのか？　あのように大きな蔵書群を持っていたが」

「持っていたが、先日、茶をこぼしてしまったのだ」

「なるほどな。それではさっそく用意させよう」

しかし、それにしても——と笑みを漏らす廉新。

「永遠の命を持つ仙女も茶をこぼして書物を汚すことがあるのか。存外、人間と変わらないな」

廉新はそのように言い放つと極上の笑顔を浮かべ、立ち去っていった。

その後、ふたりは近しく語り合う仲になる。

廉新は政務を終えると時折、朱雀宮にやってきてはその日起きた珍事などを話した。

一方、春麗も僅かだが廉新に心を開き、中津国で二四〇年溜《た》め込《こ》んだ諸々《もろもろ》のことを話すようになった。

ふたりは恋人というよりも共に高みを目指す求道者のような間柄であった。

廉新は政治の力によって国を改革し、春麗は知識の力によってそれを助力する。

この関係性は中津国の太祖と春麗が構築した間柄に近しいものだったが、はてさて一五代あとの皇帝である廉新はどのような政治を行うのだろうか。太祖のように歴史に残る偉業を成すのだろうか。あるいは八代目の皇帝である廉単《れんたん》のように非道な政治が歴史書に刻まれるのだろうか。

それはこれからふたりが紡ぐ物語次第のような気がした。

二話　あやかしの虎

中津国はこの大陸の中心に座する強大な帝国であった。

中華の伝統を持つ官僚国家であり、二四〇年もの長きにわたって周辺国を従えていた。

現在の王朝は廉《れん》と呼ばれ、一六代にわたってこの国を統治している。

しかし、一六代ということは一七代遡ると廉一族はこの国の統治者ではなかったということだ。

その当時、中津国は統《とう》と呼ばれる一族が支配をしていた。

統王朝は廉王朝に負けない巨大な組織であったが、一二代皇帝のときに黄昏時《たそがれどき》を迎えていた。

国が傾き始めていたのだ。

暗君が出現したのだが、その暗君は不老不死を求めていた。

「朕に不老不死となる方法を与えたものは人臣として望みうるだけの富貴が与えられよう」

暗君はそのように布告し、国富を使って不老不死の研究を始めた。国中から医者や練丹師が集められ、湯水のように金子が使われ、不老不死の研究が行われた。

そのとき集められた医者の中に春麗の母がいたのだが、母は医者として、研究者として不老不死の研究に従事させられた。

なかば強制であった。元々、春麗の母は地方の街で診療所を営む善良な医者であったのだが、皇帝に召し出され、無理矢理研究をさせられたのだ。腕利きの医者ということで選ばれた母であるが、不老不死の研究は倫理に反していた。

いわゆる人体実験だ。皇帝は人を救うはずの医者である母に、人を殺す実験すらさせたのである。

生きたまま妊婦の腹から胎児を取り出す。

不老不死の妙薬とされている劇薬の水銀を被験者に投与する。

健康な人間の臓器を取り替えさせる。

あらゆる非人道的な実験をさせられた母は、次第に心を弱らせていった。

そしてやがて母は心を病み、倒れてしまったのだ。

母は皇帝に願い出て不老不死を探求する任を解いてくれと頼み込んだ。

しかし、皇帝は妄執に囚《とら》われていた。春麗の母が永遠の命の秘密に迫っていると思い込んだ皇帝は母に向かって言った。

「一ヶ月だ。一ヶ月以内に不老不死の手掛かりを発見せねばおまえたち一家を死刑にする」

そのように言い渡したのだ。

無論、そのようなことを言われても母はどうすることもできなかった。不老不死を実現する方法の研究は遅々として進んでいなかったからだ。

ただ、妄執に駆られた皇帝の追及をかわせぬと悟った母は自決する道を選んだ。

この世界に不老不死となる方法がない以上、皇帝の要求に応えることはできない。それはつまり一家の死を意味した。しかもただ死ぬだけならばそれでいいが、皇帝は母がその方法を知っていると思い込んでいる。拷問でもなんでもして口を割らせるつもりだ。ただ死ぬだけでなく、命を弄ばれた上で死ぬのだ。母はそのような死に方を愛する家族にさせたくなかったのかもしれない。

だから母は、病床につく自身とそれに寄り添い看病をしている娘たちに毒を飲ませたのだ。

それは人間として正しい決断であったのかもしれない。死ぬのならばせめて楽に。それが医者としての母の決断であった。家族に投与された毒は猛毒であった。ヤマトリカブトにチョウセンアサガオ、砒素《ひそ》に青酸カリ、あらゆる毒物を混ぜ込んだものであった。それにさらに手に入れた「人魚の肉」という名の猛毒を加える。

人魚の肉は古来、不老不死の薬とされるが、母が手に入れたそれはただの毒でしかなかった。生命を絶つ効果しかない劇物でしかなかった。

それら劇物を適当な割合で化合すれば、母子《おやこ》三人眠るように死ねる――はずであった。

しかし、毒薬を飲み終え、眠りについたが、死ぬことはできなかった。

いや、正確には死ぬことはできた。春麗の横には母と妹の遺体があった。彼女らは眠るように死んでいたのだが、春麗は生きていたのである。春麗は母たちの後を追うため、手術用の短刀に手を伸ばす。そして、それをそのまま横に振り抜き喉を切り裂いた。だが傷はみるみるうちに修復された。

そう、生き延びた春麗は〝不老不死〟の身体を手に入れてしまったのだ。

なぜ、不老不死になったのかは分からない。母が作り出した毒薬がたまたま春麗の身体になんらかの変異をもたらした。科学的に考えればそうなるのだが、三〇〇年間母が調合した薬を研究したが、その再現性は認められなかった。

以来、春麗は三〇〇年の長きにわたって不老不死として生きてきた。

その間に王朝は交代し、幾人もの皇帝に仕える羽目になったが、その天命は誰が決めたのであろうか。

神なるものが決めたのだとしたら、神というやつはとても底意地が悪いのだろう。

三〇〇年の時を生きるというのは三〇〇年間苦しみを味わうというのと同等であった。

春麗はいまだ不老不死を解くための研究をしている。それが叶《かな》う兆しは今のところ一切なかった。

今日も春麗は書物の山に埋もれ、不老不死の法を解く術《すべ》を探していた。

そんな春麗のもとにやって来たのは、春麗が三〇〇年の間に仕えた皇帝の中でも指折りの慈悲深き皇帝であった。

まだ面識を持って間もないが、それなりに気に入っている皇帝だ。

なにせこの皇帝は不老不死に興味がないのがいい。

春麗は廉王朝だけでも一五人の皇帝を知っているが、皆多かれ少なかれ不老不死に興味を示していた。自分も不老不死になるため、春麗に取り入ろうとしたり、その身体を調べようとしたりするものは多かった。しかし、一六代皇帝廉新は春麗の身体に一切興味がないようだった。彼は春麗の不老不死性よりも三〇〇年にわたって蓄えた智慧に興味があるという。

「変わった権力者だ」

そのように結論を出さずにはいられないが、この日の彼は春麗の屋敷にやってくるなり頼み事をしてきた。

「後宮の弔妃は虎退治もできるかね」

開口一番に剣呑《けんのん》なことを言う。

「私は学者肌の青瓢簞《あおびょうたん》。そんなことできるわけがない」

「いや、私の言っている虎は野生のものではない。変化あやかしの類いの虎を退治できるか聞いている」

「それならばさらに範疇外《はんちゅうがい》だ。私はあやかし道士ではない」

「先日は見事、呪いを解決してくれたではないか」

「あれは現実的な事件だったからな。しかし、今回はあやかしなのだろう」

「そうだ。宮廷内ではそう囁かれている」

「ほら、また宮廷の政争に巻き込むつもりだな」

薄く笑った春麗に、観念したように廉新は溜息をついた。

「春麗には隠し事はできないな。そうだ。しかし、話くらいは聞いてくれないか」

「いいだろう。茶飲み話くらいにはなるだろう」

そのように言うと侍女の鈴々に茉莉花茶《まつりかちゃ》を用意させた。

侍女の鈴々は手を震わせながら茶を注《つ》ぐ。

「娘、緊張などせずともよいのだぞ」

「そんなこと仰せになられたら余計に緊張します」

「皇帝とてただの人だ。それにこの屋敷に来ているときは皇帝ではなく、廉新個人として来ている。友人のように思ってくれてかまわない」

「そんな不敬なことなど滅相もございません。末代まで後ろ指をさされます」

そのように言うと鈴々は茶を入れて早々に立ち去ってしまう。これ以上の緊張感に堪えられないのだろう。まあ、菓子を置いていったのでよしとする。春麗は茶菓子を頬張りながら廉新に尋ねた。

「今日はいつもの御供はいないのだな」

「いつもの供とは李飛のことか」

「ああ、そうだ」

「李飛は仕事があって遅れて来る。間もなくやって来るんじゃないかな」

そのように言っていると春麗の屋敷の扉が開かれた。

「まったく、朱雀宮は薄暗くてかなわない。危うく転んでしまいそうになった」

ぶつくさとつぶやきながら李飛が皇帝の傍《そば》に控えた。

「転んでそのまま漆かぶれになってしまえばいいのに」

「その調子じゃ、まだ橋に漆を塗っているのか」

「ああ、昨今、私の静かな生活を邪魔する輩が増えたからな。自己防衛の必要性に駆られている」

「まったく、廉新様が万が一、漆にかぶれたらどうするつもりなんだ」

「そのときは漆かぶれに効く軟膏《なんこう》を高値で売りつけようか」

「なんて女だ」

「おまえこそ、五月蠅《うるさ》い男だな。五月蠅い男はもてないぞ」

「俺は武人だ。この声は生まれつきのものだ」

「生まれつき声が大きいのだな。ならば意識して声を潜めて話せ」

「それはできない。俺は小さきときから父母に大きな声で話せと言われて育ったのだ。相手を褒めるときは大きな声で。相手を貶《けな》すときはもっと大きな声で。父母の教えだ」

「なるほどな。どういうご両親なのか想像がつくよ」

呆れながら春麗はそのように言うと、鈴々を呼んで李飛にも茶を出させた。彼女は相変わらず緊張している。

「この男はただの太監だぞ」

「でも、とても眉目秀麗じゃありませんか」

もじもじと頬を赤らめる鈴々を見て、春麗は気づいた。

「そうか、鈴々はこの手の男が好きなのか」

「好きだなんて、っきゃ、そんなことありませんよ」

小娘のようにはしゃぐ鈴々。

「私にはただの脳みそ筋肉男、脳筋にしか見えないが」

「むう、李飛様に失礼だと思います」

「この男は私の倍失礼だ」

そう揶揄《からか》うと、鈴々は李飛の分の茶と菓子を置いて立ち去っていった。

なかなかに気が利く娘であるが、李飛はまったく気にとめずに茶で喉を潤し、「廉新様、どこまで話されたのです」と問う。

「あやかしの虎退治ができるかと聞いたところだ」

「すでにご依頼済みでしたか」

「この娘に駆け引きは無用だと思ってな」

「ならば話は早い。——春麗殿、どうか毎夜宮廷に出る虎を退治してくれまいか？」

李飛はそのように願い出てきた。

「虎——ね。話を聞こうか」

「有り難い。さきほど李飛も話したが、我が中津国の宮廷に毎夜、虎が現れるのだ」

「虎を見世物として飼っているのか」

「それならば俺が退治するまでなのだが、その虎は俺の目には見えないのだ」

「どういうことだ？」

「虎を見たという官吏は数多いけれど、俺が虎退治に出向くと虎の姿は見えなくなるのだ」

「なるほどね。特定の官吏だけに、夜中に虎の姿が見えるということか」

「そうなるな」

「それは面白い話だな」

怪しげな輝きが弔妃の瞳を満たした。

「お、食いついてきたぞ」

「私は謎がなによりも好きだからな」

「ということは今回も虎退治に協力してくれるということでいいか？」

「ちょうど暇を持て余していたところだ。いいだろう、その依頼受けてやろう」

「それは有り難いことだ」

廉新は穏やかに感謝の意を表明する。

「それではさっそく、調査を始めるぞ。李飛、虎を見たという官吏に会わせてくれ」

「それは構わないが、俺がまるで小間使いみたいじゃないか」

「おまえは私の小間使い兼助手だ」

「なんだと――！」

「面倒事を引き受けるのは私だぞ。助手がいなくてどうする」

「今、小間使いと言ったじゃないか」

「丁稚《でっち》と言い換えてもいいのだぞ。というか、おまえは人に頼み事をするのに殊勝さがない。廉新を見習え」

「まったく、偉そうな女だ。嫁にいけんぞ」

「生憎《あいにく》と三〇〇年近く独り身を楽しんでいるよ。今後さらに三〇〇年は独身でいい」

「ああ言えばこう言う女だな。――まあ、いい、廉新様はお忙しいのだ。俺とおまえで虎退治をするぞ」

「うむ、それではふたりで毎夜宮廷に現れる虎の謎を解き明かしてくれ」

廉新はそのように言うと茶を飲み干し立ち上がった。

「今宵《こよい》はもう遅い。俺も帰るが、明日、何時に迎えに来ればいい」

李飛も皇帝の後に続く。

「私は夜型の人間だ。午《うま》の刻《こく》辺りに起こしてくれ」

「起こすのも俺の役目なのかよ」

「まさか、鈴々に頼むよ。私の寝顔をおまえごときに見せるわけがない」

「へいへい、それじゃあ、明日、正午、この屋敷にやってくる。それまでに虎を見た官吏の目録を纏《まと》めておく」

「そうだな。そのものたちが所属する省や府を知りたい。頼むぞ」

春麗と翌日の段取りを確認すると李飛も帰っていった。

春麗の屋敷は再び静寂に包まれる。

「ふう、やっと静かになった」

ひとり漏らすと侍女である鈴々は笑った。

「ふふ、春麗様、楽しそう」

「楽しい？　鈴々には目が付いているのか。どう見ても今の私は余計なことを頼まれて苦しんでいる哀れな被害者だろう」

「でも、春麗様は謎を前にすると生き生きとされます。それに李飛様とのやりとりは漫談のようで面白いです」

「漫談とは酷いな」

「おふたりはいい相棒になりますよ。わたしが保証します」

「そんな保証などされたくないが、まあ虎退治が終わるまでは仲良くしていよう」

「その意気です」

鈴々はにこやかに微笑むと春麗の寝所を整え始めた。

「さっそく、明日に備えて休みましょう。午の刻前にはお起こししますよ」

「そんなに早く起きるのは久しぶりだ」

夜型の人間である春麗はいつも起きるのは正午過ぎであった。

「皇帝陛下や李飛様と仲良くなるにはもう少し早起きしないといけませんね」

「ふん、向こうが私に合わせるべきだ」

「そうしたら国政が滞ってしまいますよ」

鈴々は「ふふ」と笑うと行灯の火を消した。物理的に灯りを消して本を読ませない作戦に出るようだ。本の虫である春麗には効果覿面《てきめん》だった。

後宮の弔妃とはいえど暗闇の中ではなにもできないのである。

これはおとなしく寝るしかないな。そう思った春麗は目を閉じる。

すぐには眠れるものではない。

「……夜な夜な宮廷に現れる虎か。きな臭い話だな」

誰かの悪戯《いたずら》ならばそれでいいのだが、それだけで終わらない気がする。

それは後宮という閉鎖空間に二四〇年以上いたもの独特の嗅覚だった。

今はまだ官吏を脅かしているだけの虎であるが、その裏で牙を研いでいるものがいるのかもしれない。そう思いを巡らせた。

†

翌日、午の刻ぴったりに李飛は現れた。

「おまえは西洋の時計を腹にでも抱えているのか」

春麗は寝ぼけ眼を押さえながら言った。

「俺は廉新様に仕える太監だ、時間に正確でなくてはならない」

「まったく、口を開けば廉新様、廉新様、おまえは廉新のなんなのだ」

「忠臣だ。廉新様のためならばこの命を捧《ささ》げても惜しくはない」

「仕えるようになって長いのか」

「そうだな。廉新様にはかれこれ一〇年近くお仕えしている」

「そんなに長いのか。およそ、人生の半分ではないか」

「そうだ。俺は廉新様に奴婢《ぬひ》の身分から解放していただいたのだ。もしも廉新様にお会いしていなければ俺は今頃奴婢市場で売られていたことだろう。戦奴となるか、男娼《だんしょう》となるか。馬車馬のようにこき使われるか。そのどれかだったはず」

「それでは語り尽くせぬような恩があるわけか」

「そうだ。一生掛かってもお返しできない恩義がある。だから俺は廉新様の夢を叶えて差し上げたい」

「廉新の夢？」

いつも無表情な李飛の瞳が凜《りん》とした光を纏う。

「よりよい国を造ることだ。虐げられるもののいない世界、肉親同士で争わなくていい世界、誰も奴婢として売られなくて済む世界を廉新様は作り上げようとしている」

それが若き皇帝の理想であった。

「夢想家なのだな」

「理想家と言え」

「私は三〇〇年にわたって歴代の皇帝を見てきたが、そのような夢のような国を造れるものはひとりもいなかった。廉王朝を立ち上げた英雄廉羽でさえもそのような理想郷は造れなかった。名君として名高い三代目の廉育《れんいく》でさえも奴婢解放はできなかった」

「……分かっている。しかし、廉新様は違う。廉新様ならば必ずやこの国を豊かにし、平和な国を造り上げてくださるはず」

「ふ、そうか、まあ、人間、誰しも夢を見ることにおいては平等だ。私も不老不死から解放されるという夢を抱いているからな。ありえない夢想にこだわっているのは同じかもしれない」

そのように纏め、春麗は李飛と朱雀宮を出て、虎退治に向かった。

†

中津国の後宮には四つの宮がある。北は玄武宮、西は白虎宮《びやっこきゅう》、東は青龍宮、そして南の朱雀宮。それぞれに伝説の獣の名を冠している。

一方その外には宮廷が広がっている。皇帝が鎮座し、政治を執り行う宮殿があるのだ。その中のひとつに春麗たちは向かっているのだが、後宮と宮廷は広大だった。歩くだけで疲れてしまう。

「たるんでいるぞ、後宮の弔妃は存外、だらしない」

「私は究極の引き籠もり貴妃だ。何年も歩かないことなどざらだ」

「偉そうに言っても体力がないことは隠せない」

「分かっているのならばもっとゆっくり歩いてくれ」

肩で息をするかのように言うと、さりげなく李飛はその要望に応えてくれた。彼は春麗に意地悪をするのが目的なのではない。その知謀によって虎退治をさせるのが目的なのだ。だからそのための譲歩ならばいくらでもしてくれた。

「それで虎の最初の目撃者はどこにいるのだ」

「軍務省兵部府《ぐんむしょうへいぶふ》の役人だ」

「軍務省兵部府の役目は？」

「軍政を司る役所だ。簡単に言うと兵士に武具や兵糧を調達する役目をこなしている」

「なるほど」

「ありとあらゆることを知っていると思っていたが、役所には詳しくないのだな」

「まったく興味がないからな」

「俺とは真逆だ。俺はおまえのように博学ではないが、役所には精通している。宮廷の事情に詳しくなれば廉新様のお役に立てるからな」

「それでは役所関連のことはおまえに聞こうか。それで軍務省兵部府というのはどこにある？」

「ここからさらに歩いたところにある」

「遠すぎるぞ」

「仕方あるまい。軍務省は広い敷地が必要なのだ」

そのように愚痴を漏らしつつひたすら歩いていくと軍務省兵部府の建物が見えてきた。

「ここか、第一発見者がいる場所は」

「そうだ。軍務省兵部府の役人東海《とうかい》というものが最初に虎を見た」

それでは早速その人物に会わせて貰おう、と軍務省兵部府の建物に入り、取り次ぎを頼むと、やってきたのは小役人のような青年であった。

「貴殿が軍務省兵部府の役人東海か」

「は、はい、私が東海でございます」

「おまえが最初に虎を見たというのは誠か？」

「はい。最初かは存じ上げませんが、一ヶ月前に虎を確かに見ました」

「それは本当に虎だったのか？　猫じゃあるまいな」

春麗は重ねて尋ねるが、東海はゆっくりとかぶりを振った。

「あれが猫ならば化け猫です。私が見た虎は身の丈、二間《三メートル》はあろうという大きさだったのですから」

「二間もある猫などこの世界に存在すまい」

李飛は当たり前のことを確認するように言う。

「たしかにな。ただ、虎の子を猫と見誤ることがあるように、猫を虎と見誤ることもある。猫の影を虎と見間違えたという可能性はないか？」

「私が見たのは虎そのものです。見間違えるわけがない」

「なるほど、それでその虎は唸り声を上げたのか？」

「はい。野獣のような咆哮《ほうこう》を発しました」

「おまえに危害を加えなかったか？」

「それが不思議なことに、私を睨《にら》み付《つ》けはしても食おうとは一切しませんでした」

「話の分かる虎なのかな」

　皮肉気味に言う春麗。

「虎に人間の言葉が通じるとは思えないが」

　見当違いなことに悩む李飛。

「それでその虎はどこで見たのだ？」

「そこでございます」

　東海は軍務省兵部府の一角を指さす。そこは兵部府の建物の中庭であった。草木は生い茂っているが虎が隠れるような場所はない。つまり、今は虎などいなかった。

「目撃情報があったのはすべて夜半だ。仕事を終えて帰宅しようとしたもの。あるいは残業をしていたものが虎と遭遇した」

「私の場合は残業です」

「なるほどな。本物の虎も夜行性らしいからあやかしの虎もそれに準じているのかな」

李飛はそのように述べるが、春麗は無視をし、中庭を散策する。

「木々が多いな。人ならば隠れられる」

「人間が唸り声を上げたというのですか」

「そうは言っていないがな。ちなみに貴殿は兵部府でどのような仕事をしている」

「武具の納入と管理に携わっています」

「なるほどな。ちなみに兵部府というのは給料がいいのかね」

「と申しますと？」

「いや、上等な服を着ているからそう思ったまでだ」

「――これは亡父の遺品です」

東海はそう言い、言葉を濁らせた。

「なるほど、ま、気が向かないなら答えなくてもいいさ。それで一ヶ月前に見た虎のことはこれで全部だね」

「はい」

「ならばもういい。我々は他の目撃者も当たる」

「それでは仕事に戻らせていただきます」

東海はそのように言うと兵部府の建物の中に入っていった。李飛は遠慮なく尋ねてくる。

「なにか分かったか？」

「これだけの情報ですべてが見通せたら私は仙女ではなく、神仙だ」

「つまり、まだなにも分からないってことか」

「そういうことだ。情報というのは質はむろん、量も必要だ。もっと役人の話を聞くぞ。ちなみに虎を見たという役人の目録はできているのか」

「ぬかりはない」

そう言うと李飛はその目録を見せてくれる。

「ふむ、軍務省の刑部府《けいぶふ》に兵部府に検非府《けんぴふ》すべてか」

「ああ、それと軍務省の隣にある内侍省《ないししょう》の建物でもちらほら」

「だが、おおむね、軍務省で見られるという共通点があるな」

「虎はこの付近に潜んでいるんだろうか」

「見たが虎のような大きな獣が潜んでいる痕跡はなかったよ。糞尿《ふんにょう》の類いもない」

「あやかしの虎なら糞尿などたれない」

「確かにその通りだが、この世界にあやかしなどいない」

「永遠の命を持つ仙女はいるがな」

「だが私は科学者だ。今回の件もあやかしではないはずであるが、科学的にいないことを証明しなければ私の気が済まない」

「いないものをいないと証明するのは難しいぞ」

「ああ、いわゆる悪魔の証明というやつだ。しかし、私ならばどうにでもなる。さ、次の目撃者と話をしよう」

それから軍務省の役人五人ほどと話した。大きな虎の影を見たというもの、虎を見たというもの、証言は様々であったが、絶対に虎であったという証言は一致した。

「六人が全員虎を見たと言うのならば、やはりそれは虎なのじゃないかな」

李飛はそのように言うが、春麗はまだ否定的に見ていた。

「しかし、なかにはふたりで見たというものもいるんだぞ」

「その証言は影だった。つまり本体は見ていない」

「ふたり同時に見間違うか？」

「解離性障害というものがある」

「解離性障害？」

「ヒステリーを起こしてしまう病気のことさ。心的外傷への自己防衛として、自己同一性を失う神経症の一種だ」

「よく分からないが、錯乱によって実際にはないものが見えてしまうってことか」

「その通り。解離性障害はひとりだけでなく、集団でも起こる可能性がある。集団解離性障害だな」

「なるほど、先ほど話したやつはそうなのだろうか」

「ああ、化け虎が出ると信じられている中、猫の影を見た一団があったとしたらどうだ？」

「猫の影を虎と見誤ってしまうかもしれないな」

「目録によると最初に虎の目撃情報があってから徐々に目撃者の数が増えている。しかも目撃者は〝事前〟に化け虎が出たという情報を得ていたものばかりだ」

「ふむ、それならばたしかに影だけでも誤認してしまうかもしれない。しかし、虎自体を見たというものもたしかにいるぞ」

「最初の件と三件目の件だな。しかし、実際に虎を見たという証言のほうが少数派だ。解離性障害によって極度に興奮したものはありもしないものを見てしまったと思い込んでしまう確率が高い」

「後宮の弔妃殿はあくまで虎は実在しないと主張するんだな」

「軍務省の一角に凄腕《すごうで》の猛獣使いが潜んでいると推理するより、そのほうが論理的だと言っているだけだよ」

だが、春麗のこの意見も確たる証拠があるわけではない。

「俺は現実主義者だ。虎の尻尾を捕まえるか、虎になりすましている人間を突きとめるまで諦めないつもりだ」

調査を続行すると譲らない李飛に、やれやれ、と春麗は続けた。

「まあ、好きにして構わないが、私が問題にしたいのはその虎になりすましている輩の狙いだ。ただ、軍務省の役人を脅すだけにしては回数が多すぎる」

「確かに悪戯にしては入念だ」

「それでいてなにも被害がないのはおかしい」

「もしかしてこれからなにか起こるのだろうか」

「なかなかに慧眼《けいがん》じゃないか。私の灰色の脳細胞によれば、化け虎騒ぎはまだ序章にしか過ぎない」

そう断言し、その日の調査を終えた。

翌日、春麗のもとに驚愕《きょうがく》の情報がもたらされる。

李飛は息を切らしながら春麗の屋敷にやってくると言った。

「はあはあ、お、おい、昨日話を聞いた最初の目撃者が死んだぞ!」

「ほう」

さも当然のように最初の目撃者の死を受け入れる春麗。自分でも淡泊だと思ってしまうが、三〇〇年も生きていると人の死に鈍感になるのだ。

「しかも、その遺体は虎の牙でずたずたに切り裂かれていたらしい」

「それはそれはご丁寧に」

やはり春麗が睨んだとおり。化け虎の目撃情報はこの殺人のための序章に過ぎなかった。あるいはこの〝一連〟の殺人事件という言い方が正しいのかもしれないが。まだ化け虎による殺人が一件だけで止《とど》まると確定したわけではなかった。

ただ、春麗としてはこれ以上、死体を増やすつもりはない。

数々の証拠が見つかるはずの殺人現場へと、急ぎ李飛と共に向かった。

通常、宮廷で起こった殺人は、軍務省検非府が捜査をする権限を持っているが、今回春麗は皇帝直轄の捜査官を任じられている。殺人現場の検証を行う権限を有していた。

春麗もまたその権限を行使することを躊躇わなかった。検非府の役人が捜査している中、割り込んで死体を確認する。

「なんだ、この娘は」

「いったい、どこから湧いて出た」

「追い散らせ。ここは女子供の来るところではない」

騒然としていた検非府の捜査官たちは、春麗が皇帝の捜査御免状を見せると慌てふためいて傅《かしず》いた。

「し、失礼しました。いくらでも捜査してください」

　この国の法は皇帝の下にあるのだ。皇帝がこの娘に捜査を命じているのであれば、検非府の役人風情がなにを言っても無駄であった。検非府の上位の官吏までもが春麗におもねる中、捜査は始まった。

「それで虎の牙で切り裂かれた遺体というのはどこにあるのだ？」

「はい、軍務省兵部府の中庭の一角です」

「つまり東海は最初に虎を見た場所で殺されたというのか」

「そうなりますね」

　検非府の役人は言う。

「しかし、虎に噛《か》まれて死ぬとは恐ろしいことです。まったく、この東海という男がなにをしたというのだろう」

「虎を最初に見た」

　春麗は冷静に言った。

「しかし、虎を見ただけで死ぬのならば何十人も死ななければなりません」

「そこまで被害が広がらないようになんとかするのが私の役目だが。はてさて、遺体はどうなっているのかな」

　軽く死体を検分するが、たしかに獣の牙のようなものに切り裂かれたと思われる死体だった。

昨日会話をしたばかりの東海は物言わぬ身体となっていた。その表情は「なぜ？」と言っているような気がした。

「ふむ、詳細な検視は医師に任せたほうがいいかな」

幸いなことに春麗には内侍省の医道府《いどうふ》の長官に知り合いがいる。宮廷医たちを束ねる立場にある宮廷医官長とは、親子の関係を結んでいる。死体の検分くらいわけもない。

「範会のやつは死体漁《したいあさ》りなど嫌がるだろうが、まあ、息子は親に代わって面倒事を引き受けるためにいるのだ」

そのように嘯《うそぶ》いて、春麗は死体の検分を息子に任せた。一方、春麗は東海の素行調査を行う。

「この世界に化け虎などいない。つまり今回の事件は人為的に起こされたということになる」

つまり、犯人は明確な意思を持って殺人を行ったということだ。東海には殺されるべき理由があったはずである。

それを探れば犯人逮捕に繋がるかもしれない。そのように思った春麗であるが、その日の夜、とんでもないものを見てしまう。

軍務省の役人に東海のことを聞いて回った帰り、それと遭遇してしまったのだ。

その化け物は音もなく近づくと、瞬時に殺意を漲《みなぎ》らせた。

気がついた瞬間には懐に入られていた。

巨大な影が春麗を覆っていた。

春麗は獣の牙によって切り裂かれそうになるが、それを阻んだのは春麗と行動を共にしていた李飛だった。

「弔妃といえど女だ。女を夜分ひとりで出歩かせるわけにはいかない」

そう言って一緒に聞き込みをしてくれていた李飛は、春麗を獣の牙から庇《かば》うため、覆《おお》い被《かぶ》さってくれた。それによって彼は獣の牙で傷を負ったが、それでへこたれるような男ではなかった。返す刀で李飛も獣に斬り掛かろうとしたが、獣はそれを避ける。

なんて頭のいい獣なんだろうか。一撃でやれないと察した獣は即座に逃亡を図る。

春麗たちはそれを暗闇の奥に追い詰める。たしかにそこには巨大な獣の姿が――。

軍務省兵部府の中庭に巨大な虎が潜んでいたのである。

「な、化け虎は本当にいたのか」

怪異など信じない李飛、しかし、目の前に化け虎を見せつけられればその考えを改めるしかなかった。

軍務省兵部府から漏れ出る光によって化け虎は淡く照らされていた。

「春麗、俺は戦場で臆したことはない。しかし、今は別だ。ここで虎と戦うのは蛮勇であって勇気ではない。ここは逃げよう」

「……そうだな。分かった。三十六計逃げるにしかずだ」

春麗はそう言い放つや、李飛と共に一目散に駆け出した。後背から獣の唸り声のようなものが聞こえてくる。

李飛と春麗は息を切らしながら走り、やがて往来に出た。虎が追ってこないことを確認するとほっと一息ついた。

「どうやら命拾いしたらしい。俺は不老不死ではないからな。虎に噛まれれば死ぬ」

「……虎の爪に引《ひ》っ掻《か》かれているではないか」

春麗は手持ちの消毒液を使って消毒し、傷口を縫合すべく針と糸を取り出した。

「有り難い。――しかし、縫えるのか？」

「私は医者の娘だ。傷口の縫合くらいわけがない」

「それでは頼もうか」

要領よく傷口を縫い付けると傷が化膿《かのう》しないように再び消毒液を塗った。死ぬほど痛いはずであるが李飛はそれをおくびにも出さない。太監の肝っ玉は豪傑のようであった。

「玉を抜かれた腰抜けには見えまい」

李飛は自分で笑い飛ばしながら自分の出自を茶化すが、この状況下では多少冗談のできがよくても笑う気持ちにはなれなかった。

「たしかにあの場所に虎はいた。おまえを引っ掻き、私に勇壮な姿を悠然と見せやがった」

「化け虎はこの世に存在するのか」

「今のところはそれを認めなければいけないな」

「また奥歯にものが挟まったような言い方を」

「集団解離性障害という症状があると言っただろう。この症状は三〇〇年の時を生きる仙女にも起こりうる。無論、肝っ玉の塊のような太監にも」

「予断はできないというわけか」

「そういうことだ。途中で真実を歪《ゆが》めてしまったら真実にはたどり着けない」

春麗は心を落ち着かせると、軍務省検非府の役人を呼び出して虎狩りに出かけた。重武装の兵士を先頭に軍務省兵部府の中庭に向かったのだ。

先ほど虎がいた場所にはなにもいなかった。

無論、周辺も捜索するが、獣らしきものはなにも見つからなかった。――いや、正確には、検非府の役人のひとりが可愛らしいキジトラの猫を見つけた。

「あるいはこの猫の影を見て、虎と勘違いしたという可能性はないでしょうか」

猫を抱き上げ、役人は控えめに申し出てくるが、その可能性はない。たしかに春麗は雄々しく鎮座している虎を見たのだ。

「あれは猫の影ではなかった。そもそも猫はあのような攻撃などしてこない」

つまり、それはこの世界に化け虎がいるということになるが……。春麗は深く考え込むが、断定をすることはできなかった。

「私は科学者だ。事実に基づいて処理するまで」

今ある事実は第一目撃者の東海が殺され、春麗たちも虎と思しき存在に襲撃されたということだけであった。

そしてこれは数刻後に知ることになるのだが、春麗たちが襲われた夜、虎によって新たな犠牲者が出ていた。軍務省兵部府の役人がもうひとり殺されたのである。

またしても軍務省兵部府の役人か。そう思った春麗は灰色の脳細胞を活発に動かし、先ほど死んだ東海との類似性を探り始めた。

†

朱雀宮にある自分の屋敷に戻ると、そこには皇帝がいた。彼は鈴々に茶を入れて貰い、ひとり喉を潤していた。

鈴々は春麗を見つけると、

「皇帝陛下とふたりきりなんて生きた心地がしませんでしたよ。よかったー、春麗様が帰ってきてくれて」

ほっと胸をなで下ろす。

「もとより、次から陛下がお見えになるときは留守にしないでくださいまし」

涙目でそう懇願してくるが、それは約束できない。春麗は廉新の女房ではない。廉新の性格から来訪を予期することなどできない。

ここ数ヶ月、廉新とは親しく接しているが、毎日のように茶を飲みにやってきたかと思えば、一ヶ月近く顔を見せないこともあった。まるで猫のような行動の読めぬ輩の来訪など的中させられるものではなかった。

「それで今宵はなんの用があってやってきたんだ」

「煮詰まっていると聞いてな。それと友を介抱してくれた礼を言いに来た」

「友の治療費ならば茶菓子でいい。あいつの命などその程度の価値だ」

「それでは蓮《はす》の花を見立てて作った饅頭《まんじゆう》はいかがかな」

そのように言うと廉新は懐から饅頭を取り出す。

「それは甘露で有り難い」

それを茶請けにしてふたりで茶を楽しむ。

「ふう……」

満足そうに溜息を漏らすと、皇帝は言った。

「想像以上に手こずっているようだな」

「化け虎の件か。あれは今、大騒ぎになっているぞ」

「もっと芽が小さいうちに潰しておけばよかったかな。まさか人死にまで出るとは思わなかった」

「さて、どうだか。あるいは我々が介入したせいで活発になったのかもしれん」

「それで化け虎だが、存在すると思うか。こうなってくると軍務省に生きた虎が潜んでいる可能性も考慮しなければならない」

「今のところあらゆる可能性は残しておかなければいけない、とだけ言っておくよ」

訝《いぶか》しげに廉新が弔妃の顔色を窺《うかが》う。

「いつもみたいに化け物など存在しない、と啖呵《たんか》を切らないのだな」

「私だってたまには超常的なものを信じることもあるさ。なにせ自分自身が超常的なものの権化だからね」

「つまり化け虎はいるのか」

「いや、おそらくはいない」

「というと？」

「二人目の犠牲者も軍務省兵部府の役人だった。できすぎている」

「ふむ」

「仮にもし虎ならば軍務省兵部府の役人ばかり殺すのは道理に合わない」

「言われてみればその通りだが」

「それに今、調べさせているのだが、東海は不正官吏のようだ」

「不正官吏？」

「軍務省兵部府の金を横領していたのさ」

「なんだと、誠か」

「ああ、たしかな筋の情報だ。そもそもあの男は妙に高い官服を着ていた」

「自分の金で買ったのかもしれんぞ」

「それはない。調べさせたがやつの一族は金と無縁だ。あのような官服を買う金があるはずがないんだ」

「つまり公金を横領して不正蓄財した金で買った、というわけか」

「おそらくはね。ちなみに先ほど殺された男は東海の同僚だった。同期だ」

「しかし、不正蓄財をしたからといって虎に殺される理由にはならなかろう」

「もちろん、そうさ。だから東海とその同僚を殺したのは人間だ」

「人間だという確証は？」

「私の息子に死体を検視させた。死体には獣に裂かれたようなあとがあるそうだが、よくよく調べたらそうではなかったそうだよ。恐らくではあるが、ぼろぼろの刃物かなにかを使って偽装したようだ。しかも、遺体を傷つけたのは死後とのことだ」

「そんなことも分かるのか」

「死体は雄弁だよ。遺体の傷がついたのは生前か死後かくらい簡単に判明する」

「虎は死体を襲わない。それに虎ならば死体を食うはずだ」

「そう、一連の事件でもっとも不可思議なのは誰も虎に食われていないというところだ。しかし、それも犯行がすべて人間の仕業だというのならば簡単に説明できる」

「しかし、おまえは虎を見たのだろう」

「——見た、と思い込んでいるだけという可能性もあるだろう。この事件の犯人は想像以上に用意周到だからな。人間を惑わすくらい簡単にやってのける」

「それは虎自体、なんらかの仕掛けがあるということか」

「そういうこと。動機はおおよそ見当がついている。分からないのは私をどう欺いたのかということと、第三の犠牲者が出るか、だ。ここまで尻尾を摑《つか》んだのだから第三の犠牲者は出したくない」

「止められるのか？」

「それは李飛次第だな。今、李飛には軍務省兵部府の内情を洗って貰っている。不正をしている役人が多ければ犯人の標的を絞れず、たくさんの犠牲者を出してしまうかもしれない」

「皇帝として思うが、不正役人が少ないことを祈るよ。私はこの国の政治を本気で変えたいと思って行動してきたのだ。それなのに宮廷が不正官吏であふれていたとしたらもの悲しい」

「そうだな。しかし、まあ、恐らくであるが、東海の同期は四人だ。多くてもあとひとりくらいしか不正に関与していないと信じたい」

「ああ、そうであってほしいものだな」

廉新はそう言うと、「皇帝としてしてほしいことはあるか？」と尋ねた。

「そうだな。犯人が分かったらまた関係者を集めて謎解きとしゃれ込みたい。時間を割いてくれるか」

「分かった」

廉新は席を立った。無言で帰ろうとするが、春麗はそれを許さない。

「待て、蓮の花の饅頭、すべて置いていけ。あれは思いのほか美味《おい》しかった」

それを聞いた廉新は僅かに微笑みを浮かべながら饅頭を置いていく。

「ほう、物分かりがいいではないか」

と春麗は戦利品である饅頭を食べる。蓮の花のよい香りがした。

†

「ごめんね、母さん、春麗を守れなくて本当にごめんね」

今は亡き母親の顔がまぶたに浮かぶ。母親は本当に申し訳なさそうに春麗とその妹が好きな料理を作った。春麗たちの好物で最後の晩餐《ばんさん》をしようとしたのだ。

春麗たち一家はこれから邪知暴虐の皇帝に殺されるのだ。春麗たちが人質に取られ不老不死の法を解き明かすよう交渉材料にされるかもしれない。あるいは母親に不老不死の法がないと分かれば皇帝の逆鱗《げきりん》に触れ、家族全員が拷問の末抹殺されるという可能性もあった。それを防いだのが「人魚の肉」であった。上半身は人間、下半身は魚の化け物。古来より不老長寿の妙薬とされるそれは、劇薬の一種としても知られていた。それを飲めば苦しむことなく死ねるという伝承もある。母親は後者に託して春麗とその妹に薬を飲ませたのだが、春麗は死を賜ることなく、逆に永遠の命を得る存在となってしまった。恐らくこの中津国にいる世界唯一の存在、それが不老不死の仙女春麗の特殊性であった。

一方、この国の一六代皇帝廉新も並々ならぬ厳しい人生を歩んでいた。

廉新が三歳の頃に宮廷を追い出され、中津国の首都洛央《らくおう》の下町で母とふたり暮らすことになると、平民も恥じ入るような貧しい生活をしていたらしい。

その後、一〇歳のときにようやく宮廷に呼び戻され、母親と共に後宮内の虐《いじ》めに耐えながら日々を送った。

その最愛の母も宮廷内の政治闘争に巻き込まれる形で失う。最後は実の兄と後継者争いを繰り広げ、帝位を獲得した。

両者、父親に恵まれぬ人生で、母を敬愛しているという共通点があった。ゆえにどこか惹かれ合ってしまうのかもしれない。


朝、起きると目元が涙で濡《ぬ》れていることに気がつく。

「またか……」

春麗は独り言《ご》ちた。

また母親と妹の夢を見たのだ。

春麗は定期的に母親と妹の夢を見てその心を締め付けられる。

優しかった母の面影、無邪気だった妹の面影、両者が鮮明に蘇《よみがえ》る。

「三〇〇年も生きていていまだ母離れできぬとはな……」

皮肉気味に漏らすと侍女の鈴々がやってきた。

「あら、弔妃様。こんな時間に起きるだなんて珍しい。——もしかしてまた悪夢を見られたのですか？」

鈴々は心配そうに尋ねてきた。

「悪夢と言えば悪夢だが、心安らぐ悪夢だな」

「そんな悪夢があるのですか」

「ああ、鈴々は家族のことを夢で見ることはないのか？」

「ありますよ。先日も妹と月餅を取り合いした夢を見ました」

「鈴々らしいな。それでその争いには勝ったのか？」

「結局、半分こにしました。春麗様に習った方法で公平に半分に分けましたよ」

「私に習った方法？」

「ほら、食べ物を分けるときは半分こに割る役と、割ったあとに選ぶ役を分けるというやつです」

「ああ、あれか。あれならば公平に分けられるな。合理的な方法だろう。夢の中でも役に立ててよかったよ」

「はい。春麗様の智慧は神算鬼謀です」

「月餅の分け方ごときで褒められるとこそばゆいな」

「そんなことありませんよ。それにこの褒め言葉は前渡しです」

「前渡し？」

「春麗様ならば化け虎を見事退治してくださるからです」

「ああ、その件か。ちなみに騒ぎになっているか？」

「はい。二人目の犠牲者が出たことで宮廷は上を下への大騒ぎですよ。武官の方は槍《やり》を持って宮廷内を駆け回っています。文官の方は祈禱師《きとうし》や道士を呼んで厄払いをさせています」

「極端な反応だな」

「だって天下の王城である宮廷に化け物が出たんですよ。騒ぎにならないわけがありません」

「廉新のやつはまた政治が滞ると泣き言を言うかもしれないな。昨晩のように押し掛けてくるかもしれない」

「左様でございますね。でも、陛下はそれだけじゃないと思います」

「というと？」

頰を赤く染めて鈴々が輝く瞳を向けてくる。

「陛下は春麗様がお好きなんですよ」

「ほう、私に劣情を催しているのか」

「もう、そんな言い方して。恋ですよ、恋」

「鯉《こい》ね。鯉ならば宮廷の池にたくさん棲《す》んでいるが」

「また、茶化して。春麗様はもしかして恋が苦手ですか？」

「ああ、魚の鯉も思慕としての恋も苦手だね」

「その心は？」

「どちらも泥臭い」

「お見事です。しかし、コイはいいものじゃないですか、泥臭いからこそ燃え上がるのです」

鈴々が感心しきりにとびきりの笑顔を見せた。

「この世で信用できないものがふたつある。それは恋に落ちた男女と、私の起床時間だ。恋は盲目、恋愛などにうつつを抜かしていると真理を追求できない」

「あ、その様子だと昔、なにかあったんですね」

「三〇〇年も生きていると恋のひとつやふたつはするさ」

真っ先に思い浮かぶのはこの国の太祖である廉羽だろうか。春麗の宿敵である統王朝を倒して廉王朝を打ち立てた傑物。春麗を弔妃として迎え入れ、庇護《ひご》下に置いてくれた恩人。無論、彼と肉体的に繋がったことはないが、精神的には繋がっていたような気がする。雄々しい廉羽の顔をふと思い出してしまう。

「きゃー、春麗様も恋をされたことあるんですね。それじゃあ、皇帝陛下との恋愛もありじゃないですか」

「それは気が向いたら考えるよ。さて、私は眠い。もう一眠りする」

日の傾き加減から見て今は巳《み》の刻《こく》くらいだろうか。明け方まで本を読んでいたから午の刻までは眠りたかった。

鈴々にそのように申しつけると彼女は「それでは午の刻に朝粥《あさがゆ》を用意して待ってます」と言った。そいつはいい。鈴々の朝粥は絶品なのだ。彼女は粥のゆで加減の名手であるが、付け合わせを選ぶのも上手《うま》い。濃いめの味付けの肉そぼろ、カリカリに揚げた雲呑《ワンタン》、絶妙な塩加減の搾菜《ザーサイ》、どれも食が進む付け合わせばかりなのだ。起きる楽しみが増えた。

数時間後に食すことができる朝粥に想《おも》いを馳せながら眠りにつく。ちなみに春麗の特技は寝ることだ。春麗は好きなときに好きなだけ眠ることができる。読む本がないときなどは一六時間くらい寝ていることもあった。

すぐに眠りにつく春麗を見て鈴々は「ふふふ、猫みたい」と笑みを漏らすと、朝粥の準備をするため厨房《ちゅうぼう》に向かった。

†

午の刻を過ぎた頃に自然と目覚め、食堂に向かう。そこで朝粥を食そうと思ったのだが、先客がいた。李飛である。彼は勢いよく朝粥を口に放り込んでいた。

「まったく、犬のようなやつだと思っていたが、犬よりも意地汚いな。それは私の朝粥だぞ」

「鈴々の許しを得て食べている」

李飛は「ふん」と一蹴する。

「あとで鈴々によく言っておかねば。余計な餌付けはするな、と」

「客人に昼食を出すのは餌付けではない」

「客人ならばもっと遠慮した食欲でいろ。それは三杯目だろ」

「四杯目だ」

「なお、悪い。朝からよくそんなに食べられるな」

春麗は辟易《へきえき》した顔で言った。

「昨日から寝ずに軍務省兵部府の調査をしているんだ。腹も減るさ」

「おお、そういえば調査を命じているんだった。それで首尾は？」

「おまえさんの見立て通りだったよ。最初に殺された東海と二番目に殺された黄権《おうけん》は汚職に手を染めていた」

「裏がとれたか」

「ああ、やつらの屋敷から裏帳簿が出てきた。武器商人から仕入れた額と実際に仕入れた額に大きな差異があった。三割ほど水増し請求をして懐に入れていたらしい」

「なかなかに大胆なやつらだな」

「ばれないと思っていたのだろう」

「しかし、そうなると犯人は誰になるのだろうか。横領した金を巡っての仲間割れかな」

「悪くない推理だが、それならば虎騒動に装う必要はない。粛々と殺せばいい」

「そうだな。悪目立ちして逆に公金横領がばれてしまったものな」

「そういうわけだ。それで東海と黄権の横領仲間は分かりそうかね」

「やつらの同期は四人だ。東海、黄権、秘資《ひし》、王朗《おうろう》。やつらは三羽がらすと呼ばれていた」

「四羽《よんわ》がらすではないのか？」

「三羽だ。東海、黄権、秘資は順調に出世を重ねていたが、王朗はひとり出世から取り残されている」

「ふむ、哀れだな」

「王朗は生真面目で人付き合いも悪いらしい。融通も利かないらしく、誕生日に饅頭を手渡されても賄賂になるから受け取れないと断るような人物らしい」

「ならば不正官吏のほうは秘資ということになるか」

「十中八九は」

「しかし、会ってもいない人物を犯人と決めつけるのはよくない。ふたりと面談したい」

「了承した。陛下の命として呼び出す」

「日取りはいつがいい」と尋ねられたので、「今」と返答しておく。

「気が早い娘だな」

「生まれついてのせっかちでね。母親の産道を出るのも早かったらしい」

「第三の犯行が行われる前に会っておくか。それではまず怪しい秘資から面会を取り付けようか」

李飛はそう言い、その場で段取りを整えてくれた。

「皇帝陛下の太監殿は仕事が早い」

春麗はそのように李飛を持ち上げると、彼と共に軍務省兵部府へ向かった。


軍務省兵部府の一室に通される。そこにいたのは官服を纏った青年だった。彼が秘資だろうか。尋ねてみると首肯した。

「俺が軍務省兵部府の秘資だ」

秘資という青年はどこにでもいるような官吏だった。印象が薄い男で、宮廷ですれ違っても恐らくこの男が秘資だと気が付かない。それくらい存在感がないのである。ただ、十人十色という言葉があるとおり、この男にも特徴はあった。やたらと神経質そうであった。

軍務省兵部府の椅子に座るときも念入りに埃《ほこり》を拭き取ってから座った。夫にすれば障子《しょうじ》に埃がついていないかいちいち確認するたちであろう。絶対に夫にしたくない輩だ。そのような感想を持っていると秘資のほうから問いかけてきた。

「貴殿らは陛下の特命を帯びた特別な捜査官と聞いたが、相違ないか？」

「相違ないね」

「……ならばなぜ俺を調べる。俺は虎を見たことなどないぞ」

「しかし、虎に襲われる可能性は高い」

「俺のような一介の官吏をどうして襲う」

「先日襲われたふたりは軍務省兵部府所属だった」

「軍務省兵部府には一〇〇人近くの官吏が所属している」

「しかし、その中でも汚職事件に関係しているものは限られる」

汚職事件、という言葉を聞いた秘資は明らかに動揺を見せた。

「な、なんのことだ。軍務省兵部府に汚職などないぞ」

「先日、死んだ東海と黄権は汚職に手を染めていた。その共謀者がもうひとりいるはず」

「それが俺だとでも？」

「軍務省兵部府の三羽がらすの一角だから疑わないわけにはいかない」

「俺はなにも知らない」

頑迷な口調で言う。

「今、ここで洗いざらい話してくれれば情状酌量の余地あり、と陛下に報告してもいいのだぞ」

李飛はすごみを利かせ言った。

「……知らないものは知らない」

「三人目の犠牲者は汚職官吏のはずだ。貴殿は東海や黄権のように虎に嚙み殺されたいか」

「……し、知らぬ。俺は汚職になど手を染めていない」

秘資は顔面を蒼白《そうはく》にさせると、立ち上がった。

「これにて失礼する。俺には業務があるのだ」

「賄賂を受け取る日なのかな」

春麗は皮肉気味に言うと彼が退室するのを許した。李飛は、

「いいのか?」

と尋ねてくる。

「いいんだよ。確たる証拠もなしに捕縛はできない」

「物分かりのいいお嬢さんだ」

「それにまだ王朗を調べていない。もしかしたらこっちが汚職官吏かもしれない」

「性格的にそれはなさそうだが、あらゆる布石を惜しまないという意味ではそちらも調べたほうが良さそうだ」

分かっているじゃないか、と春麗はにんまりとする。李飛は王朗を呼んできてくれた。

王朗は噂通り気が小さそうな青年だった。

「あ、あの、僕になにか御用でしょうか？」

「さっそくだが、君は汚職に関係しているかね？」

春麗は迂遠《うえん》を避け、単刀直入に尋ねる。

「僕は汚職事件など関係しておりません。僕は公明正大です」

「神に誓って？」

「神と父と母の名誉にかけましょう」

「竹を割ったかのような回答をありがとう。それで汚職をしていそうな官吏に心当たりがあるかね。例えば秘資とか、秘資とか、秘資とか。大切なので三回言ってみた」

「あなた様方は秘資をお疑いですか」

「ああ」

「ならば無駄です。あの男は尻尾を出さないでしょう」

「どういう意味だ」

「そのままの意味です。あの男は狡猾《こうかつ》にして図太い。東海と黄権のやつは詰めが甘いが、あの男は水増し事件に関わる事柄を隠し通します」

「同期のお墨付きというわけだ」

「ええ、仮に汚職事件が存在しているとしたら黒幕は秘資です。やつが悪事を企《たくら》んで、東海と黄権のふたりが実行していたのでしょう」

「やたら詳しいな」

「……同期ですから。悪い部分がよく見えるのです」、

「確証はあるのか？」

「……確証はありませんが」

「なるほどな。ちなみに貴殿は絵は上手いかね」

「え？　絵ですか」

「そうだ。水墨画などの心得はあるかね」

「まあ、人並みには……」

「そうか。それでは今度、私の美人画でも描いて貰おうかな」

ふふふ、と笑うと春麗は王朗に尋問は終わりだと告げた。彼はきょとん、としている。

「解放していただけるのですか？」

「ああ、だって貴殿は汚職事件にも虎事件にも関わっていないのだろう」

「はい、そうですが、お疑いのようだったので」

「軍務省兵部府の役人すべてを疑っているよ。貴殿はその中のひとりにしか過ぎない」

「はあ」

王朗は狐《きつね》につままれたかのような顔をする。

「そんな顔をするな。さて、それでは我々は他の官吏の尋問をする」

下がってよろしい、と言うと王朗は頭を下げ、立ち去っていった。

李飛は間の抜けた顔でそれを見守っている。春麗が李飛の顔をじっと見つめると、

「ああ、次の官吏だな」

と言った。

春麗は、

「いいや、予定変更だ。もう他の官吏の話は聞かなくてもいいだろう」

と断言してみせた。

「なんだって？　軍務省兵部府の役人全員が疑わしいんだろう」

「役人全員を尋問していたら効率が悪い」

「それじゃあ、秘資をしょっ引くか」

「確たる証拠はないからそれはできない。しかし、犯人の目星はついた。その裏取りのために王朗について調べてくれ」

「王朗のなにを調べる？」

「そうだな。本当に絵が得意かどうか調べろ」

「それが事件となんの関係がある？」

「大いにあるのさ」

春麗は李飛に片目をつぶってみせると、ずいずいと軍務省兵部府の中庭に向かった。

「私たちが先日、虎を見かけたのはこの辺だったよな」

中庭の一角を指さす。

「ああ、たしかその辺だ」

「ふむ、この辺か……」

李飛が指さした場所をぐるりと回ってみる。

「その辺りの茂みに虎が潜んでいるかもしれんぞ」

李飛は大真面目に言うが、虎が潜めるような場所はない。少なくとも地上には。――

春麗は上を見上げる。そこには軍務省兵部府の建物の窓があった。

「あそこからならば出入りできるかもしれない」

「まさか、あの窓は一間もないぞ。虎は最低でも二間はあった」

「広げたあとはな」

「広げる？　なんのことだ」

「こちらのことだよ。よし、これですべて読めた。李飛は王朗の絵の才を調べろ。私はこれから眠る」

「おいおい、緊張感のない娘だな」

「勘違いするな。夜に備えるためだ。私の勘が正しければ近いうちに第三の殺人事件が起こるだろう。私はそれを未然に防ぎたい」

「殺人事件は夜に起こるってことか」

「ああ、そうだ。犯人は我々の追及の手が迫っていると察している。近いうちに必ずことを起こすだろう」

「逆なんじゃないか？　追っ手が迫っていると知っているのならばことは控えるだろう」

「いいや、犯人の動機はそこにはない。汚職官吏を誅する機会を逃すとは思えない。この数日が山場だ」

春麗は緊張感なさげに言うと、「ふあぁーあ」と口元に手を当てる。

「今日は昼間から起きていて眠くて敵わない。屋敷に帰って寝たい」

そう言い置いて春麗は誰に憚《はばか》ることもなく屋敷に戻った。李飛は呆れながらも王朗の調査を続けた。

虎の化身となった男は、獲物を追って走り回る。

虎に追われていると錯覚している男は、慌てふためきながら軍務省兵部府の中庭をさまよった。

「ひい、虎だ。虎が出た。化け虎は本当にいたんだ」

秘資は激しく心臓を鼓動させ、全身を肺にして走り回る。誰かに助けを求めたかったが、それはできなかった。

虎が人語を放ったからだ。

「汝《なんじ》の罪はすべて我の手にあり！　武具の代金を水増しし、私腹を肥やしおって！　誰かを呼びおったらその場ですべてぶちまけてくれるぞ！」

すべてを見透かされてしまった秘資は逃げるわけにはいかなかった。

それに虎は至る所にいた。

前方に姿を現したかと思えば、後方の茂みに潜んでいたり、木々の後ろから唸り声を上げたりした。その動きは神出鬼没で、逃げる隙など与えてくれなかった。

「それでいい。おまえの仲間であった東海と黄権も慌てふためきながら逃げ惑ったぞ。逃げろ逃げろ、そして俺の手のひらから逃げられないと悟ったとき、おまえは死ぬのだ」

ざしゅ、という音と共に秘資の腕が切り裂かれる。闇夜の中から牙が迫ってきたのだ。どこにも逃げ場はない、虎はそう言っているかのようであった。

「お、俺は死ぬのか⁉ 化け虎の手に掛かって死ぬというのか⁉」

「苦しみながら死にたくなければ汝の罪を我にすべて吐き出せ。さすれば楽に殺してやろう」

目の前に死が迫ってきた秘資は思わず懺悔《ざんげ》してしまう。虎の甘言に乗ってしまったのだ。

「そうだ。俺が汚職事件の主犯だ。東海と黄権をそそのかし、武具の水増し請求をさせたのだ」

「それによって得た金で官位を買ったのだな」

「そうだ。上司に賄賂を贈って出世させて貰った」

「それだけではあるまい」

「不正で得た金で絹の官服を買った。女房に真珠を買ってやった」

「それだけか？」

「愛人も囲っていた。それにええと……」

他にもあるようだが、悪行が多すぎてとっさには出てこないようだ。

「汝は大悪党よ……」

虎はそのように吐き捨てると牙を剝《む》いた。否、錆《さ》びた鉈《なた》を振り上げた。

それを木陰から見ていた春麗は、

「やめよ！」

と鋭く叫んだ。

牙を研ぎ澄ませていた虎は身体をひくつかせる。

「……おのれ、俺の天誅を邪魔するか」

虎のその言葉を受けて、春麗は意地悪く言った。

「俺？　この前話したときは僕と言っていたぞ。一人称の混同は控えてほしいね」

途端に、虎の口調に動揺が走る。

「……貴様、俺の正体を知っているのか」

「知っているさ。絵の上手い、うだつの上がらない役人くん」

虎の毛皮をかぶっていた男は身体をひくりと震わせた。

「……そうか、すべてばれてしまったのだね」

虎は口調を変えると、観念したかのように虎の毛皮を脱いだ。すると気の弱そうな青年――王朗がそこから現れた。彼は悪びれずに言った。

「どうして僕が虎だと分かったのです」

「私は汚職事件のことを水増し請求だとは言わなかった。なのに君は自分から水増し事件と言ったから」

「なるほど、僕が秘資の悪事を調べていることを察したのですね」

「ああ、そして君が正義感が強く、絵が上手いことも知った」

「ええ、そうです。僕は正義感が強い。皇帝陛下の財物である武具を横流ししたり、代金を水増しして金を稼ぐあいつらがどうしても許せなかった」

「だから虎事件を装って関係者の誅殺を始めたというわけか」

「そういうことです」

「上手く考えたものだ。虎が犯人ならばおまえに疑いの目が向くことはないものな」

「ええ、先日死んだふたりも罪を白状しながら死んでいきましたよ。ふたりともよほど虎が怖かったと見える」

「虎とはこのことかな？」

春麗がそのように言うと、軍務省兵部府の建物の二階から声が聞こえてきた。

「これでいいのか、弔妃よ」

「構わない」

すると建物の二階から〝なにかが〟降ってきた。それは絵に描かれた虎だった。

「これは私が即興で描いたものだ。だから写実的ではない。しかし、君の描く虎は違うね」

「……ええ、僕の描く虎は水墨画ではない」

「そう、君は西洋絵画の心得があるね。李飛に調べさせたよ。洛央にいる西洋人の絵師に絵の手ほどきを受けているとか」

「西洋絵画？」

声を上げたのは木陰に隠れていた廉新だった。彼は自分が皇帝だとは名乗らずに王朗の前に出る。王朗もまさか目の前の男が皇帝だとは思わずに立ち尽くしている。

「西洋絵画は東洋の絵のような平面的な絵ではない。写実的な技法が用いられる」

「そうだ。僕は本物そっくりに絵を描くことができる」

「それだけでなく、この男は擬態絵《トリックアート》の心得があるようだ」

「トリックアート？」

廉新は尋ねる。

「からくりのある絵のことさ。動いていないのに動いていると錯覚してしまう絵、草むらの中に一〇匹の猫が隠れている絵、巨人に襲われている小男を描いているものも見たことがある」

「そしてその中には生きた虎のような絵もある、ということか」

廉新は得心したかのように言った。

「正解だ。無論、じっくり見れば擬態絵だと分かるのだが、この中庭には事前に化け虎が出るという噂が広まっていた。薄明かりの中、そんな擬態絵を見せられたら本物だと勘違いしてしまうだろう」

「なるほど、後宮の弔妃でさえ虎だと錯覚するほどのものということか」

そのとき、再び建物の二階から声が聞こえてくる。

「おおい、これが擬態絵ってやつか？」

李飛は言うと、二階から虎が描かれた絵を投げ下ろす。遥か遠方の灯籠と月明かりの下ではどこからどう見ても生きた虎にしか見えなかった。

「王朗はこれで軍務省のものたちに虎というまやかしを見せていたのだな」

「ああ、この殺人事件は用意周到に練られたものだったのさ」

「汚職官吏を一掃するためにご丁寧なことだ。それほどまでに秘資たちが憎かったのか？」

廉新は哀れみの念を込めて尋ねた。

王朗は肩を震わせながら首肯した。

「ああ、憎かったさ。妬ましかった。僕がどれほど職務に精を出そうと出世しないなか、易々《やすやす》と出世していくやつらが。国の金に手を付け、豪遊三昧のやつらが憎くて仕方なかった。だから虎を出現させたんだ」

「おまえのような気弱な男の中にも虎はいるものなのだな」

「自分でも驚きだよ。錆びた鉄の銃がこれでもかと馴染《なじ》むんだ。虎の絵を描いているときの高揚感も忘れられない。そして虎を演じているときの僕は明らかに生を充実させていた。生まれてきてよかったと全身を使って叫んでいたんだ」

「なるほどな。済まない。おまえのような男を生み出してしまったのは私の不徳だ」

廉新は深く頭を下げる。

「なぜ、あなたが頭を下げる。あなたには関係ないじゃないか」

「それがあるのだ。私はこの国の皇帝だ。汚職官吏を生み出した責任がある」

「な、こ、皇帝陛下⁉　う、嘘だ。陛下がこんなところにおられるわけがない」

「この方は皇帝陛下だ」

そのように言ったのは先ほど建物の二階から絵を下ろした李飛だった。彼は皇帝しか持つことの許されない印籠を突きつける。

「な、それは皇帝陛下の印⁉　あ、あなた様は陛下なのですか？」

「そうだ。おまえの国の皇帝だ」

ことの次第を悟った王朗は深々と頭を下げる。

「知らぬこととはいえ、数々の無礼、も、申し訳ございません」

「気にする必要はない。おまえは私に悪心《あくしん》というものを喚起させてくれた。悪心とは文字通り悪《あ》しき心だ。それに悪の臣《しん》とも読めるな」

「……御意。しかし、僕は殺人を犯しました。それは到底許されぬ罪」

「であるな。しかし、償うことはできるはず」

「……この命を以て償うことはできましょうか？」

「いいや、おまえはふたりの命を殺めた。その罪は自身ひとりの命で償えるものではない。おまえは牢獄《ろうごく》に入って罪を償え」

「……牢に入ることによって」

「そうだ。自害など許さない。牢獄で罪を償って再びこの宮殿に戻ってくるのだ」

「僕に戻る場所などあるのですか？」

「軍務省兵部府はおまえに対して閉ざす門を持っていない。この私もだ。罪を償った暁には再び登用しよう」

その言葉を聞いた王朗は目に大粒の涙を溜める。

「僕ごときのためにそこまでしてくださるなんて……この御恩、生涯、忘れません」

ふたりのやりとりを見ていた春麗は、「一件落着だな」と李飛を見るが、彼は「いいや」と首を横に振った。もうひとり牢獄に入るべき人物がいると示唆したのだ。それは今回の事件の発端となった秘資であった。

彼は物陰に隠れていたが、公金を横領した罪は重い。またその態度も悪びれないものであったので、廉新は彼に厳罰を下した。棒叩《ぼうたた》き二〇〇回の上、国外に追放の刑を言い渡したのだ。二度とこの中津国に足を踏み入れさせるつもりはなかった。

「腐った林檎《りんご》を籠の中に入れると他の林檎も腐るという。おまえのような輩はこの中津国に必要ない」

冷淡にそう言い放つ廉新。彼は誰が必要で誰が必要ないか、的確に判断できる名君のようだ。

こうして宮廷に出没する化け虎事件は解決した。

春麗の働きによって軍務省を腐らせようとしていた一派を一掃できたのだ。その働きは戦場での槍働きよりも価値のあるものであった。

廉新は褒美を取らすと言ったが、春麗は「いらぬ」と断る。李飛が「廉新様の御恩寵を拒否するとは生意気なやつめ」と目を光らせると、春麗は涼しい顔で言ってのけた。

「そこまで言うのなら――それではあれがほしい、あれをおくれ」

その白い指の先にあるのは大きな満月であった。さすがの皇帝も満月は贈れないと思ったが、擬態絵の心得を知った廉新は指で額縁を作ると満月を切り取って見せた。

「ほうら、こうすれば満月はおまえのものだ。――ほんの僅かな間だが」

「――なかなかやるではないか、一六代目の小倅《こせがれ》は」

廉新の指から漏れ出る月明かりはことのほか美しいような気がした。

三話　呪いの美人画

廉王朝の初代皇帝は名を廉羽という。同国の新陽《しんよう》という街の貧しい家に生まれた彼は幼き頃に母を亡くし、養育を放棄されたが、見かねた叔母によって乳を与えられ、それによって寄奴《きど》という幼名が付けられた。その後、少年時代に父も亡くし、僅かに残された田畑を耕しながら生計を立てていたという。

貧しい上に学がなかった彼であるが、その志は凡夫のそれではなかった。幼き頃から「俺はやがて龍袍《りゅうほう》を纏う」と吹聴していたようだ。つまり皇帝になると宣言していたわけである。それを聞くたび周囲のものは嘲笑しながら廉羽を指さしていたという。

「また、廉とこの寄奴が大法螺《おおぼら》を吹いているぞ」

そのように揶揄《やゆ》され、小馬鹿にされていたそうだ。

そんな周囲の人々に廉羽は逆に言った。

「燕雀安《えんじゃくいずく》んぞ鴻鵠《こうこく》の志《こころざし》を知《し》らんや」

その言葉の意味は小さな鳥には大きな鳥の心は分からないというものである。小人は大人の志を知らないと言ってのけたのである。

可愛げのない子供であったと言えるが、幼き頃から人望はあったようだ。彼は近所の童子を集めては悪戯を繰り返していた。「将来、俺が皇帝になるからおまえは丞相《じょうしょう》となれ」、そう言って近所の鶏小屋から卵を盗み出し、分け与えたのは後に本当に丞相になる李《り》斯《こう》という少年であった。また、共に木剣を持ち、隣町の悪童を蹴散らしたのは後に太祖二将の筆頭になる王建《おうけん》であった。太祖廉羽は幼き頃から有能な人材に囲まれていたのだ。まさに天命の持ち主と言ってもよかったが、そんな廉羽が世に羽ばたくことになるきっかけが起きた。三斗《さんと》米道《べいどう》と呼ばれる宗教組織が起こした反乱である。

当時の統王朝は黄昏時を迎えていた。暴君に幼君が続き、国を悪臣佞臣《ねいしん》に乗っ取られつつあったのだ。官職は金で買われ、それによって権力を得た汚職官吏が私腹を肥やす。法律や規律などあったものではない。法を執行するものが盗賊そのものなのだから民の暮らしは逼迫《ひっぱく》した。

そんな中、三斗米道の教祖が反乱を起こしたのだ。

「もはや統王朝に正当性はなし。あの枯れ木のように痩せ細った老人を見よ。乳の出ぬ母親を見よ。盗賊に身をやつした若者を見よ。皇帝に徳がないから世が乱れるのだ」

そのように宣言し、蜂起した三斗米道は瞬く間に勢力を拡大させ、統王朝を脅かした。

無論、王朝も無為無策でいたわけではない。討伐軍を組織し、反乱の鎮圧にあたったが、正規軍の将軍たちは売官によってその職を得たものたち。軍事的才能も知識もなく、烏合《うごう》の衆である反乱軍に苦戦を強いられた。いや、それどころか都洛央の目前まで軍を進められる事態となった。このままでは都が陥落してしまう。そのときに立ち上がったのが廉羽であった。当時、兵士として徴兵されていた彼は、無位無冠にもかかわらず将軍の御前に出て献策をした。

「三斗米道の軍が迫っています。その勢いは破竹。このままでは洛央は彼らに攻め落とされてしまうでしょう。どうか私に兵をお与えください。必ずや三斗米道の軍を粉砕してみせましょう」

しかし、将軍は容易に首を縦に振らなかった。廉羽が一介の兵士だった、ということもあるが、それ以前に都にはもう兵がいなかったのだ。三斗米道の反乱に呼応し、各地で蜂起が相次いでいた。それらの鎮圧のため、正規軍は各地に散っていた。しかし、廉羽は兵士不足の問題を奇想天外な方法で解決した。

「都には各地から集められた罪人がいます。彼らを兵士として雇うのです」

その驚愕の策を聞いた将軍は顔を青ざめさせた。罪人を解き放つなどあり得ない、と主張するが、廉羽は言った。

「今、統王朝は亡国の瀬戸際にあります。このまま手をこまねいていては反乱軍が都を占拠するでしょう。そのとき、彼らは罪人を解放するに違いありません」

都にいる罪人は人殺しや盗人《ぬすっと》ばかりではない。それよりも朝廷が無理矢理課した夫役《ぶやく》を拒否したものや、統王朝のあり方に疑問を唱えた政治犯が多かった。彼らの罪を許し、兵にしたほうが明らかに得であった。――いや、というよりも、それしか策は残されていなかった。最終的に将軍は廉羽の策を受け入れ、罪人を兵士に仕立てた。そして廉羽にその指揮を任せた。

兵を得た廉羽の活躍はまさに無双だったという。

勇将の下に弱卒なし、一頭の獅子《しし》に率いられた羊の群れは、羊に率いられた獅子の群れに勝つ。そのような諺《ことわざ》を地で行くような活躍をすると、洛央の目前まで迫った反乱軍を粉砕した。そしてその功によって奮武《ふんぶ》将軍の位を与えられ、廉羽は歴史書に初めてその名を記した。

その後、大小様々な戦を経験し、統王朝で出世をしていくのだが、歴史書に記載されるとおり、統王朝の命脈を絶ち、皇位を簒奪することになる。その詳細についてはここでは語らないが、彼が世に出たと同じ頃、彼は運命的な出逢《であ》いをする。統王朝の都、洛央で永遠の命を持つ娘と出逢ったのだ。不老不死の秘密を探ろうとする統の歴代皇帝に幽閉された薄幸の佳人、その娘の名は春麗という。

こうして廉という王朝を打ち立てた英傑廉羽と春麗は新たなる運命を歩んでいく。春麗は統王朝の虜囚から、廉王朝の弔妃となるのだが、春麗はその後、一五代にわたる皇帝を弔うことになる。無論、それは廉王朝の太祖廉羽とて例外ではない。王朝を興した英雄とて天命には逆らえないのだ。人間には寿命というものがあった。春麗は自分を弔妃に取り立ててくれた男の死を看取り、その後も歴代皇帝たちの死を見送った。名君に良君に凡君に暗君、様々な皇帝がいたが、歴史というやつは再現性があるのだろう、一六代目の皇帝は初代皇帝廉羽によく似ていた。その容姿もであるが、慈悲と慈愛に満ち溢れているところがそっくりだったのである。

春麗は廉羽との今際《いまわ》の際のやりとりを思い出す。

老人となった廉羽、腹に出来物ができ、死病を患った彼は春麗を呼び出すと言った。

「徒手空拳、なにも持たずに廉王朝を打ち立てた俺だが、どうやら天命には逆らえないようだ」

「……そうだな。人間、皆死ぬ」

「ああ、おまえ以外はな。おまえは若かりし頃のままだ。初めて会ったときと同じ美しさを保っている」

「これでも一〇〇を超えた婆《ばばあ》だよ」

生娘のような姿形をしている不老不死の少女は吐息を漏らした。

「この世界で最も美しい婆だ。俺の人生で惜しむことがひとつだけあるとしたらその婆と寝所を共にできなかったことかな」

「棺桶《かんおけ》に片足を突っ込んだ爺《じじい》がなにを言う」

「……本当に残念だったよ。本当はおまえを嫁にしたかった。皇后や貴妃などいらないからおまえだけを独占したかった」

「それはできない。私は永遠の命を持つ娘だ。そんなものが皇后になったらどうなる？」

「そうだな。その政治的影響は計り知れない。なにせ死ぬことがない皇后なのだから。しかし、おまえならば良い統治者になってくれるのではないだろうか」

「歴史上、名君と呼ばれるものはたくさんいた。あの統王朝にさえも。しかし、名君が名君であり続けることはとても難しいのだ。どのような名君もやがて政治に飽きそれを倦《う》むようになる。絶対的権力を持ったものが暗君になったとき、暴君という魔物を生み出すのだ」

　春麗は自分の母を死に追いやり、自分を牢屋に放り込んだ男の顔を思い出す。彼によって虜囚の身となって六〇年、廉羽によって解放されて三〇年、その間、筆舌にしがたい苦労を味わった。それは春麗だけでなく、民にとっても同じであっただろう。春麗は廉羽の軍師として、参謀として、様々な智慧を絞ってきたが、その役目も一代限りであった。廉王朝を成立させて三〇年以上存続させたのだ。もはや政治に関わる気など一切ない。

「……残念だ。おまえが皇后ならば廉王朝に暴君は現れないだろうに」

廉羽は痩せこけた肩を落とすと言った。

「俺の妻にもなってくれない。政治の後も継いでくれない。おまえはすべてを拒む」

「すまないな。これも性分だ」

「しかし、ひとつだけ頼まれてくれないか」

「なんだ？」

「おまえにはこの国の行く末を見守ってほしい」

「この国の行く末？」

「ああ、俺が全精力を傾けて造り出したこの国の行く末だ。命がけで打ち立てたこの国の未来を見守ってほしいのだ」

「……私がか？」

「そうだ。だからおまえには弔妃という役職を与える」

「弔妃……？」

「弔う妃と書いて弔妃だ。おまえにはこれから何代にもわたって俺の子孫たちの死を看取ってほしいんだ」

「死を看取る貴妃か」

「そうだ。それは不老不死であるおまえにしかできない」

「おまえはどこまでも私をこき使う気なのだな」

「そうだ。俺はおまえのように頭のいい女を知らない。見た目にも惚《ほ》れているが、その実、内面に惚れているんだ」

「……そういうのは面と向かって言うな。恥ずかしいではないか」

「死に逝く爺の戯《ざ》れ言《ごと》だ。――いいか、今日からおまえは中津国の弔妃だ。中津国の英雄廉羽がその最期に発布した国法にそう明記する。俺の子孫は皆、おまえを敬うだろう」

廉羽はそのように言うと目を閉じる。死が目前に迫っているようだ。あるいは今、この瞬間が中津国の弔妃の初めての仕事をするときなのかもしれない。そう思った春麗は廉羽の唇に軽く口づけをする。

「おまえが打ち立てた偉業、生涯忘れない。たとえこの国の人間がすべて滅びたとしても私だけは忘れない」

「……他の誰に褒められるよりも嬉しいな」

「私のことを好いてくれたことも忘れない。九〇年も生きた婆をよくも好いてくれたな」

「……俺も不老不死になって足が苔《こけ》むすまで隣に座っていたかった」

「おまえとの約束も忘れない。この国の行く末、おまえが作り上げたものの未来を必ずや見届けよう」

春麗がそのように言うと廉羽はにこりと微笑んだ。そして眠るように死んでいく。

こうして不老不死の娘春麗は中津国の弔妃となったのである。

その役目は歴代皇帝の死を看取ること。この国の行く末を見守ることであった。

まったく、難儀な役目であったが、おろそかにするつもりはなかった。

春麗は自分を牢獄から救い出してくれた廉羽に思慕の感情に近いものを持っていたのだ。

あるいはそれは恋と呼ばれるものに近いのかもしれないが、その感情は永遠に封印しなければならない。先ほども言ったが、永遠の命を持つものが政治に関わってもろくなことにならないからだ。

春麗が望むものは己の心の平穏と民の安寧だった。それは英雄廉羽が生涯を懸けて追い求めたものだ。命懸けで春麗に与えてくれたものであった。

春麗はそれが壊れないように陰からこの国を見守る。

それは春麗にとって神聖な義務であった。

†

廉王朝の太祖廉羽は幼き頃とても貧しく、仲間と共に鶏の卵を盗んでは分け合ったというが、一五代先の皇帝である廉新も似たようなものであった。

彼は生まれながらに皇帝の地位を約束されたものではないのだ。いや、それどころか一度は見捨てられ、宮廷から追い出されたこともあった。

廉新は幼き頃を洛央の市井で過ごしたのだ。そのときの経験が今の開明的で気取りのない性格に繋がっているとのもっぱらの評判であるが、一〇歳になると後宮に住まうことを許されることになる。

ただ、一度は追放された皇子、後宮内での立場は悪い。廉新は母親と共によく虐められた。

与えられた衣服に針が入っているのはしょっちゅうだった。あるいは後宮の宴の前日に衣装箱に入れられていた衣服がずたぼろになっていることもあった。

母と共に宮廷を歩いていると「下賤《げせん》な親子」と後ろ指をさされた。

自分のことはなんと言われても堪《こら》えられたが、母親を「あばずれ」と陰口を言われるとはらわたが煮えくりかえった。廉新は一度、母を侮辱した貴妃に殴りかかったことがあった。そのときは母に必死で止められたが。

「廉新、争い事を起こしては駄目。そんなことをすれば私たちはまた後宮を追い出されるわ」

「だって、あの女が母上のことを馬鹿にするから」

「馬鹿にされることなんて気にしては駄目よ。あなたは頭がいい子でしょう。一時の感情に流されては駄目」

「……母上」

「私たちは先代の皇后様に嫌われて宮廷を追放になったの。新しい皇后様になって許されたけど、今でも前の皇后様を慕うものは多いわ。だから後宮では目立たぬように暮らさないと」

そのように言う母はどこまでも気高かった。

しかし、少年の身である廉新は納得がいかない。

「母上は私に皇帝陛下の息子として自覚を持って育ちなさいと言われました。馬鹿にされてもなお、我慢しなければいけないのでしょうか」

「そうよ。そう、だってあなたは将来、皇帝になる子ですもの」

「私が皇帝に……。でも、私は嫡男ではありません」

「そうね。あなたには何人も兄上がいるわ。でも、私は不思議とあなたが皇帝になるような気がするの」

「……母上」

「将来、あなたが皇帝になったらこの後宮を変えて。どのような貴妃も後ろ指をさされないような後宮に。どのような子も虐められない後宮に。あなたならばできるはずだわ」

「……分かりました。母上、私は皇帝になります」

幼い廉新は大きく頷きながら言った。

「必ず皇帝になってこの後宮のありようを変えてみせます。だから母上もそれまで我慢してください」

「嬉しいわ。廉新の作る後宮はきっと極楽浄土のようなところでしょうから」

母はそのように言って微笑むと廉新を抱きしめた。

後宮は暗く冷たいところだが、唯一、母の腕の中だけは暖かかった。だから廉新は後宮での生活に耐えられたのだろうが、その僅かなよすがも三年後に絶たれることになる。

最愛の母が殺されたのだ。

毒殺であった。廉新が飲むはずだった甘酒を代わりに飲んで死んだのである。

犯人は不明であった。

母を追放した前皇后の一派であるとも、あるいは現皇后の一派であるとも言われた。

どちらにしても廉新が皇位に就くまえに始末をしようという一派の仕業であった。

廉新は三日ほど母のために体内の水分をすべて涙にすると、それを拭い去り、皇帝になる決意を固めた。誰よりも聡明になることを誓った。誰よりも剣の腕前を磨くことを誓った。

さすれば血統上の父親である皇帝の目にとまり、立太子されると思ったのだ。

その思惑はぴたりとはまり、最終的には廉新が皇太子として立てられることになる。

それは建安《けんあん》三一年の春のことであった。

†

中津国には高名な将軍がいた。車騎《しゃき》将軍趙格《ちょうかく》である。

車騎将軍は中津国の軍の中でも高官にあたり、その定員は一名であった。

多くの軍功を挙げし選ばれたものしかなることの許されない重職であったが、趙格は現皇帝廉新が即位して以来、その職を任されていた。

しかし、昨今、彼は宮廷に参内することができなかった。職務を執り行うことができなかったのである。車騎将軍趙格は原因不明の病に伏せていたのだ。

皇帝廉新は彼の病に心を痛め、見舞いを欠かしていなかったが、その病がよくなる兆しは見えない。ある日など趙格のしわ深い顔に死相まで見えた。

「もう、長くはないかもしれませんね」

そのように言ったのは廉新の太監の李飛であった。廉新は珍しく声を荒らげ、否定をした。

「そのようなことを申すな。趙格は私を支えてくれた忠臣であるぞ」

「……申し訳ありません」

李飛は謝意を述べる。

「兄上と軍を交えたとき、私が勝てたのは軍部に信頼があった趙格が味方をしてくれたからだ。もしもあのとき助力をしてくれなかったら私の今はない」

「そうでした。車騎将軍趙格様がおられなければ我々はこの場にはいなかったでしょう」

「趙格はまだ六〇だ。まだまだ元気に軍務をこなして貰わなければならない」

「ご本人も引退はまだまだだとおっしゃっておられますしね」

「そうだ。なんとかならないだろうか」

「内侍省医道府宮廷医官長の範会様は原因不明の病だとおっしゃっています。腹に出来物ができたわけでもないようです」

「ふむ」

「趙格様は徐々に徐々に弱っていっておられるのです。そう、まるで呪いであるかのように」

「また呪いか」

「それなのですが、趙格様の屋敷から呪詛の札が見つかったそうです」

「なんだと、それは間違いないのか」

「はい。人型の依り代《よしろ》も」

「それでは趙格はなにものかに呪詛されているということなのか」

「そうなりますね」

「それは由々しき問題であるな」

「はい。大事であるかと」

「祈禱師や道士は集めたのか？」

「はい。国中から集めておりますが、それでも一向によくなる様子がなく……」

「……そうか。こうなればあの娘の力を借りるしかないか」

「あの娘と言いますと？」

「春麗に決まっておろう。とぼけおって」

「ばれていましたか」

「おまえと春麗は相性が悪いからな」

「そのようなことはございません。ただ、あの女が苦手なだけです」

「どこが苦手なのだ」

「女のくせに妙に賢《さか》しいところがです」

「そう言うな。あの女の取り柄はその賢しいところなのだから」

「分かっておりますが、会うとどうも小馬鹿にされている気分になります」

「それは私も同じだ。あのものにとって他人は自分よりも馬鹿に見えるのだろう。実際、あのものは三〇〇年にわたって知識を蓄えてきた。たかだか二十数年しか生きていない我らなど幼児にも等しいはず」

「廉新様は万乗之君であらせられるのにあの女は廉新様を不敬に扱います」

「皇帝だからといって敬われなければならないという法はないさ」

「ありますよ。太祖様が示された法度に皇帝は何人《なんぴと》にも敬われなければいけないと書いてあります」

「ただし、後宮の弔妃は除くとある。彼女はあらゆる法から無縁の存在だ」

「……まったく、太祖様はどういう了見であの女を弔妃に任命されたのでしょうか」

「太祖様の大いなる御心は分からないが、彼女がいるおかげで我が廉王朝が命脈を保っているとの話もある」

「たしかに歴代の皇帝陛下の中にも彼女を重宝にしていた御方もいらしたらしいですが」

「我らも彼女を弔妃として遇しよう。さすれば宮廷の問題事を一掃できるかもしれない」

「問題はあの娘は政治的な依頼を嫌うということです」

「そうだな」

「しかし、摩訶不思議なことには首を突っ込みたがるという性分でもある」

「今回の件に摩訶不思議なことなどあるのか？」

「あります」

李飛は断言する。

「どのような不思議があるのだ？」

「趙格様は髪が伸びる美人画を所有しておられるのです。それが今回の病の原因であると噂するものもいます」

「ほう、髪が伸びる美人画か」

廉新は興味深げに言った。

「これまた後宮の弔妃が好みそうな話題だ」

「詳しくお話しいたしましょうか？」

「いや、それは弔妃の前で話して貰おうか。そのほうが手間が省ける」

「そうですね」

廉新と李飛はさっそく朱雀宮にある弔妃の屋敷に向かった。

彼女の屋敷に向かう際には橋の真ん中を通らなければいけないという不文律があるが、今日に限ってはなにか様子が違った。

「橋の手前になにか書状が掲げられているな」

「読んでみましょう」

李飛はその書状に近づき、文面を読み上げた。

「朝は四本、昼は二本、夜は三本の生き物のみこの橋を通ってよし――弔妃」

珍妙な文を珍妙な表情で読み上げる李飛。

「なんですか、これは？」

「謎かけのようだな。この橋渡るべからずは飽きたようだ」

そのように言うと廉新は橋の端に触れる。そこに漆は塗られていなかった。

「まったく、あの女、厄介なことを」

「まあ、怒るでない。春麗は暇を持て余しているのだ。あるいは自分の智慧を借りたければ最低限の智慧を持っていろとの意思表示かもしれない」

「しかし、廉新様、朝は四本、昼は二本、夜は三本の生き物など存在しません」

「架空の生き物なのかな。鵺《ぬえ》の一種であろうか」

「あるいは姑獲鳥《うぶめ》の一種かもしれませんね」

李飛は「ううむ」と唸った。

廉新は目をじっくりと閉じて瞑想《めいそう》するように考える。

「春麗は賢者とは物事を単純化する能力に長けたものだと言っていた。ここは単純に考えていいのではないだろうか」

「と申しますと？」

「この橋渡るべからず、のときも結局は来訪者を完全に閉ざしていなかった。今回もそうなのだと思う」

「迂遠すぎてこの李飛には分かりません」

「つまり、この謎かけの答えは我々のことだ」

「廉新様と俺ですか？」

「正確にはこの世の人間すべてだ。うむ、口に出せばしっくりくる。この謎かけの答えは〝人間〟だ」

「人間？——しかし、我々は二本足ですよ」

「しかし、生まれたばかりの頃は四《よ》つん這《ば》いに歩き回っていただろう」

「ああ、そうだ。たしかに」

赤ん坊の姿を思い浮かべる李飛。

「朝というのは赤子の頃の比喩だ。昼というのは大きくなって二本足になったことを指す」

「しかし、三本というのは？　年を取ったら足が三本になるのでしょうか？」

「年を取れば足腰が弱る。皆、杖《つえ》をつくようになるではないか」

「ああ、なるほど。たしかにそうだ」

「つまるところ、この橋は人間ならば誰でも渡っていいということだな」

廉新はそのように断言すると堂々と橋を渡った。

そのまま屋敷に入ると、黒き衣を纏った少女は皮肉気味に言った。

「あの橋は〝人間〟しか渡ってはいけないと書いたつもりであるが」

「私は人間だ。渡る資格はあると思うが」

「これは異なことを言う。万乗之君である皇帝は天子様ではないのか。天が遣わした子、それが皇帝だ」

「これまた一本取られたが、私は自分は人間だと思っている」

「なるほど、自分が神であるとか誇大妄想は持っていないのか」

「ああ、私は幼き頃、市井で育った。そのとき学んだ。自分の背中には後光など差していないことを。皇帝の子といえど普通の庶民の子と変わらないことを」

「なるほど、開明的で先進的な皇帝だ。八代皇帝の廉単などは自分のことを神だと疑わなかった。自分の命に背くものはすべて牢獄に入れた」

「中津国の歴代の皇帝の中でも特別残忍な皇帝だったと聞く」

「ああ、廉羽の血を引くものの中にも悪逆非道な男は稀《まれ》に生まれるのだ。まったく、遺伝というやつは信用ならない」

「そうだな」

「知っているか。西洋には民主主義《デモクラシー》というものがあるのだぞ」

「デモクラシー？」

「西洋のレリシアという国では民が投票によって指導者を決めるのだ。成人男性がひとり一票の票を持ち、得票数の多いものが代表となり、為政者となる」

「なんと、そのような国があるのか」

「ああ、凡人たちの集合知は天才のひらめきに匹敵することもある。レリシアは西洋諸国の始祖と呼ばれるほど繁栄を誇った」

「皇帝としては有り難い話だ。政治の責任を民と分かち合えるのだから」

「まあ、専制主義は決断が早いことが利点だな。いや、この国は官僚国家だから迂遠なところがあるが」

「そうだな、朝議ではからねばなにも決まらないところがある」

「後宮がなぜあるのかと言えば、権力を持った皇帝が政治に口を挟まぬようにするためにある、と明言するものもいる。政治になんの識見もない皇帝に口を挟まれると政治が混乱するからな」

「後宮の弔妃は手厳しい」

「おまえのことを言っているわけじゃない」

「今後もそう言って貰えるように頑張りたいが、さて、弔妃よ、依頼を引き受けてくれるか」

「またか」

「そう言うな。今回もとびきり謎めいた依頼だ」

「ほう、というと」

「所有していると病気に罹ると言われる美人画がある」

「そんなものがあるのか」

「あるらしい。詳しい話は李飛がしよう」

そのように言うと話し手が李飛に代わる。

「ここからは俺が詳細を話す。実はこの中津国には呪われた美人画があるのだ」

「呪われた美人画だと？」

「ああ、髪が伸びる美人画を所有している将軍がいる」

「またうさんくさい話だ。一度描いた絵は変わることはない。髪が伸びるなどあり得ない」

「しかし、多くのものが髪が伸びると証言している。その美人画は持ち主が代わるたびに髪が伸びると評判なのだ」

李飛は鼻息を荒くする。

「持ち主が死ぬたびに髪が伸びるそうな」

「ありえない。誰かの悪戯だろう」

「そうかもしれない。だが看過できない悪戯だ。死人が出ているのだから」

「死人？」

「この絵の所有者は皆、怪死をしている。自殺に病死に憤死、死の見本市だよ」

「私にその呪いの美人画を調べろというわけか」

「そうだ」

「というか、そんなものは捨ててしまえばいいのではないか」

「それはできない。その美人画は趙格様にとっては思い入れのある品なのだ」

「思い入れ？」

「その美人画は趙格様の祖父が所有していたこともあるのだ。趙一族は美人画の蒐集《しゅうしゅう》家《か》でな。しかし、家が傾いてしまったときに手放してしまったそうな。そんな中、やっと取り戻したという経緯がある」

李飛は纏める。

「まったく、男というやつはどうしてこう、ものを集めるのが好きなのだ」

はあ、と呆れる春麗だが、彼女の屋敷のものの多さを自覚して言っているのだろうか。彼女の家の蔵書量は図書寮に匹敵する。また、怪しげな実験器具の類いも目に付いた。

「趙格には借りがある。文字通り命を助けて貰ったのだ。ここで死なせるわけにはいかない。なんとかやつの呪いを解いて貰えないだろうか」

　廉新は慈悲と慈愛に満ちた目で言った。

　そのような目をされると春麗としても断るわけにはいかなかった。

「――分かった。その美人画の呪いというやつを調べてやろう」

「誠か」

「弔妃は人を揶揄いはするが嘘はつかない。一度やると言ったからにはその役目を果たす」

「有り難い」

　廉新は頭を下げる。それを受けて春麗は李飛を見つめる。おまえも頭を下げるべきなのじゃないか、という意思表示であった。李飛は「っち」と舌打ちをすると、廉新に倣った。

「うむ、良かろう。それではその美人画の呪いというやつを調べようか」

　春麗がそのように言うと廉新は表情を明るくさせた。

†

　後宮の弔妃春麗は車騎将軍趙格の家に向かった。

　趙格の家は洛央の高級官吏が家を構える地区にあった。さすがに車騎将軍ともなるとそれなりの格式が必要なのだろう。趙格の屋敷はとても立派であった。大きな庭もあり、そこには池もある。見事な錦鯉が何匹もいた。

「この庭の錦鯉は玄武宮の池で飼われていたものだ。廉新様が特別に下賜された」

李飛がそのように説明をする。

「というか、なぜ、おまえがここにいるのだ」

「助手が必要だと思ってな」

「おまえではなく、廉新がよかった」

「おまえは恐れ多くも皇帝陛下を助手として顎で使う気か」

「皇帝陛下の太監は五月蠅くてかなわない。鼓膜が破れる心配がある」

「声が大きいのは生まれつきだ」

「肺に送り込む空気を少なくするのだな。さすれば声も縮まろう」

李飛は意識的に声を小さくするが、持って数分といったところであろうか。そのような考察をしていると、趙格の家のものがやってきた。

見目麗しい少女がこちらに楚々《そそ》と歩いてくる。

「これは可愛らしいお嬢さんだ」

春麗が素直な感想を口にすると、少女は妖艶な笑みをたたえた。

「ありがとう。あなたもとても素敵な女性だと思うわ」

「その自覚はあるよ」

と人を食った発言をするが、少女は驚くことはなかった。聡明な少女のようだ。

「呪いの美人画を調べるという話は宮廷から届いております」

「それは話が早くて助かる。ちなみに君は誰なんだね」

「私の名は趙星《ちょうせい》よ。車騎将軍趙格の孫娘よ」

「なるほど、こんな綺麗《きれい》な孫がいるのか」

「ありがとう。繰り返すけどあなたもとても綺麗よ。黒い着物がとてもよく似合っているわ」

「一張羅でね。外出着はこれしか持っていない。もっとも毎回同じ服を着ているのではなく、同じものを何着も持っているだけだが」

「分かりやすくて助かるわ。宮廷で見かけたときに話しかけやすい」

「もしも見かけたら遠慮なく話しかけてくれたまえ。それで君のお祖父様《じいさま》は息災か？」

「ええ、今日は幾分具合がいいみたい。先ほど窓際で日差しを浴びていたわ」

「それはいい。日を浴びるとビタミンDというものが体内で生成される」

「ビタミンD？」

「ビタミンDには、食物からのカルシウム吸収を促し、血液中のカルシウム濃度を一定に保つ働きがあり、骨を健康に維持するのに役立つ。骨量を保ち、骨粗鬆症《こつそしょうしょう》を防ぐためにビタミンDは必須だよ」

「よく分からないけどたまに日を浴びたほうがいいのね」

真っ白な肌の趙星はそのように言う。これだけ白いからには日光などまともに浴びていまい。日中は屋敷の中で鎮座しているか、外に出ても日傘を差して歩いているに違いなかった。

「過ぎたるは及ばざるが如《ごと》しだ。私としては一日、一五分程度の日光浴を推奨するね。ビタミンDが生成されるし、セロトニンも生成される」

「また分からない単語が出たわ」

「脳内物質のひとつだ。これが生成されないと躁鬱病《そううつびょう》に繋がる恐れがある」

「気をつけましょう。それで今日はお祖父様に会いたいのよね？」

「ああ、できれば直接会って診察したい」

「あなたはお医者様なの？」

「医者の娘だ。医学の心得はある」

自称自然科学者であるが、医者こそ自然科学そのものであるので親和性は高い。

「宮廷医官長様はお祖父様の身体はどこも悪くないとおっしゃっていたわ」

「そいつは私の息子だ。医療の腕は私より数段劣る。誤診の可能性もあるし、セカンドオピニオンという言葉もある」

「よく分からないけど、それでは診ていただきましょう」

孫娘趙星はそのように言うと屋敷を案内してくれた。趙格の屋敷はとても立派な造りをしており、至る所に絵が掛けられていた。

「この水墨画は李白《りはく》のものだな」

「あら、詳しいのね」

「李白は廉王朝の最盛期である公武帝《こうぶてい》廉育の時代のものだ。しなやかにして軽やかな筆遣いが特徴的で、生涯で六二四枚の美人画を残した」

「その中のひとつがこれよ。これひとつで平民の家が何軒も建つって聞いているわ」

「らしいな。私は興味ないが」

「その割には詳しいわね」

「年の功だよ」

三〇〇年も生きていると美術品、芸術品の類いにも詳しくなる。蒐集こそしないが多くの美術品を見る機会に恵まれるのだ。

「李白の風景画が飾ってあるということはそれなりに裕福なのだな」

「祖父は車騎将軍よ。それに中津国でも有数の門閥貴族でもあるもの」

「しかし、一度家が傾いたという報告を聞いているが」

「詳しいわね。お祖父様のお父様が放蕩《ほうとう》だったらしいの。それで家財を使い尽くしてしまったの」

「そのときに件の美人画を手放してしまったと聞く」

「なんでも知っているのね。そうよ、火徳《かとく》の天女《てんにょ》と呼ばれる美人画はお祖父様が方々に手を尽くして買い戻したものよ」

「なんでも呪われた美人画だと聞くが」

「それは違うわ。火徳の天女を手に入れた家は栄えるという伝承があるの。最初に絵を手に入れたお祖父様のお祖父様はそれによって司空の位を賜ったわ」

「ほう、三公のひとつか」

「そう。曽々《ひいひい》お祖父様《じいさま》は火徳の天女を愛していた。だから出世されたの」

「なるほどね。しかし、火徳の天女様は己を愛するものを殺すという話だが」

「たしかに歴代の持ち主は不慮の死を遂げたものが多いらしいけど、そんなのたまたまよ。私は幸運の天女だと思っているわ」

「なるほどね。その様子だと君も天女に魅了されているようだな」

「もちろんよ。あのように美しい絵はこの世にふたつとないから」

趙星はうっとりと言う。

「真っ赤に燃え上がった赤毛、爛漫《らんまん》とした瞳、中津国に古《いにしえ》より伝わる火神の妻を題材にした傑作中の傑作だわ」

「それはすごいな。私も一度見てみたい」

「いいでしょう。見せてあげましょう」

趙星はそのように言うと祖父趙格の寝所に案内してくれた。

趙格は春麗を見るなり言った。

「火徳の天女は手放さないぞ」

威厳あるもの言いであった。さすがは廉新と共に兄皇子を倒して彼を即位させた武人である。その威圧感は凡夫のそれではない。

「私がこの絵を処分しようとしているとどうして分かった？」

「おまえはその年に似合わぬ雰囲気を持っている。冷徹怜悧《れいり》な空気を。戦場で泣き叫ぶ兵士の手足を平然と切り落としそうな気配を感じる」

「正解だ。私が軍医ならば壊死《えし》しかけた兵士の手足を平然と切り落とす。有無を言わさずな」

「ならばこの絵は絶対死守させて貰おうか」

「その絵によって呪われているのに？　その絵のせいで病に罹っているのだろう？」

「絵と病に因果関係はない」

「理屈を考えればそうなのだが」

春麗は件の絵を見つめる。

趙格の寝室はそれほど広くはない。寝台がひとつ置かれているだけで、あとは最低限の家具類しかなかった。簞笥《たんす》と火鉢くらいしか物はない。壁に飾られているのが件の火徳の天女だろうか。

たしかに赤毛の女性が描かれた絵が飾られていた。

「ほう、これは西洋の油絵だな」

「一瞬で見抜くか」

「洋の東西に興味があってね」

「そうだ。これは西方の技法によって描かれた珍しい絵だ」

「東洋の絵とは違って立体的に描かれている。写実的な絵だ」

「祖父はこの絵に恋をしていた。この絵に描かれたような娘を探し出し、嫁にしたほどだ。わしの祖母だな」

「ちなみにその祖父は死ななかったのか？」

「死んでいるに決まっておろう。生きていれば一〇〇歳を超える」

「そういう意味ではない。呪いで死ななかったのか、という意味だ」

「祖父は六〇歳のとき、宮廷に参内中に脳溢血《のういっけつ》で倒れた。天命をまっとうした」

「なるほどな」

「天女によって司空となった祖父は政治に辣腕を振るった。その秘術によって天命を得たのだ。後悔はなかったはず」

「秘術？」

「そうだ。その火徳の天女は幸運と不幸を呼び覚ます絵なのだ」

「持っているだけで栄えるとも、家が途絶えるとも言うな」

「ああ、その火徳の天女は寝所に置いておくと天運が向上するのだ。ただし、それ相応の要求もしてくるという」

「つまり命を代償に出世させてくれるというわけか」

「そうだ。わしはそれを使って車騎将軍に上り詰めた」

「現皇帝に味方して出世したと聞いているが」

「そうだ。しかし、当時のわしはどちらに味方するか迷った。今上陛下に味方するか、皇兄様に味方するか悩んだのだ。そこでわしはそのときたまたま手に入れた火徳の天女に天運を懸けた」

「ふむ」

「この絵は持ち主が代わるたびに髪の毛が伸びるという伝説があった。もしもそれが本当ならば今上陛下に味方する。もしも偽りであるならば皇兄様に味方する。そのように決めたのだ」

「それではこの絵の女の髪が伸びたというのか⁉」

春麗の横にいた李飛は驚きの声を上げる。

「そうだ。たしかにこの絵の女の髪は徐々に伸びるのだ」

「そんなことがあり得るのだろうか？」

李飛はこちらのほうを見てくる。春麗はすまし顔で言う。

「通常、一度描かれた絵は変わることはない」

「だよな」

「しかし、それは通常の話だ。誰かが手を加えたりすることは可能だ」

春麗はどこまでも冷静に言う。

「貴殿はこの絵の不可思議な力を信じないのか？」

趙格は眉間にしわを作り言った。

「この世に不可思議なことなどないのだよ」

春麗はさも当然のように返す。

「わしはこの絵によって天命を得たのだ。それにこの絵は尊敬する祖父が大事にしていた。このまま永代、趙家に置いておきたい。もう手放したくない」

「それが本当に呪いの絵だとしてもかね？」

「我が祖父は呪いによって司空となった。わしは車騎将軍まで上り詰めた。後悔はない」

「しかし、皇帝からその絵が本当に呪いの絵ならば始末しろと命令されている」

「なに、陛下がか……」

「そうだ。貴殿のその絵に対する思い入れは皇帝も知っているが、大事な臣下の命には代えられない、と言っていた」

「……陛下がそんなお言葉を」

「そうだ。だからその絵を調べさせて貰うぞ。本当に持ち主を殺す呪詛が込められているのならば始末させて貰う」

「……どのように調べる」

「取りあえずこの絵を預かる。その上で、過去、その絵を所有していたものがどうなったか精査させて貰う。――異存はないな？」

「……勅命なのだろう？」

「そうだ。勅命だ」

「分かった。もしもその絵が悪しき呪いの絵ならばおまえの言うとおりにしよう」

趙格は渋々認めると咳《せ》き込《こ》んだ。

「おっと、そのまえに貴殿の診察もさせて貰おうか。呪いの病というやつがどんなものか調べたい」

「……好きにしろ」

なかば諦め気味に言うと趙格はその身を委ねてくれた。春麗は趙格の脈拍を取り、身体中を調べた。

「調子が悪いのは間違いないようだ。しかし、腹に出来物があるわけではないようだ。──強いて言えば毒を盛られているような感じがする」

「呪いで身体がむしばまれているのか⁉」

李飛は大声を上げる。

「普通に毒を盛られている可能性もあるがな」

「お祖父様は清廉潔白な武人よ、他人に恨まれるような方ではないわ」

孫娘である趙星は反発する。

「人は些末《さまつ》なことで人を憎むものさ。呪詛を受けているという噂を聞いたが」

「そんなのは昔からよ。気にしたこともないわ」

「ならば毒を盛られても不思議ではないだろう」

「お祖父様はほとんど家で食事をされているのよ。毒が混入されていたらわたしたちも調子がおかしくなるでしょう」

「たしかに。──ま、家族のものが趙格殿の食事にだけ毒を盛ったりしていなければ、だが」

家族に疑念を持たれた趙星は怒りを露《あら》わにするが、李飛が仲裁に入る。

「娘、春麗の無礼を許してやってくれ。この女はあらゆる可能性を検討しているだけなんだ。悪気はない――はず」

自信なさげに付け加える。

春麗は李飛も趙星も無視すると、注射器を取り出して趙格から血液を抜き、毛も数本抜き取る。

「血液からは現在の状態が、頭髪からは年輪のように過去の状況が分かる」

そのように言うと春麗は火徳の天女を持って帰るように李飛に命じた。李飛は粛々とそれに従う。彼は尊敬する将軍趙格をいたわるように言った。

「呪いなどこの世にはありません。俺はたまたま不幸が重なっているだけだと信じています。この女はそれを証明してこの絵を返しに来るでしょう」

そのように弁明して絵を持ち去った。

そして絵は春麗の屋敷に飾られることとなる。

†

春麗の屋敷にはいくつもの部屋があったが、趙格の寝室と同じ大きさの部屋は少なかった。貴重な書物や実験器具を置いている部屋がちょうど同じくらいの広さであったので、そこを侍女の鈴々に片付けさせると、寝台を持ち込ませた。

「これで趙格と同じ部屋を再現できるな」

「部屋の大きさまでこだわる必要があったのか？」

寝台を運んだ李飛は迷惑げに言った。

「科学の実験というやつは同じ環境を再現することが大事なのだよ」

「やり過ぎのような気がするがな」

「やり過ぎなものか。さて、私は今日からこの呪いの絵と寝食を共にする。趙格と同じように」

「それでおまえが死ねば呪いはあるということか」

「私は不老不死だよ。私が調べたいのは天女の髪が伸びるかだ」

「なるほど。たしか所有者が代わると伸びるという話であったが」

「それが真実ならば伸びるはず。さて、私は子供の成長を見守るような気持ちで絵を観察しているが、おまえさんはその間、調査をしてくれ」

「この絵の歴代所有者を調べるのだな」

「ああ、趙格の父親の代の間はこの絵は他の家にあったとのこと。そのときの所有者がどうなったか正確に調べてくれ」

「趙格様の祖父の代以前については？」

「できればそちらも。ただ、古すぎるからな。記録の類いを調べるしかあるまい。あまり期待はしない」

李飛は「分かった」と言うと早速調べに行こうとするが、部屋を出る前に真剣な顔をした。

「おまえはその絵と一緒に過ごすと言うが、俺はその絵から並々ならぬ気配を感じる」

「おまえはあやかしや幽鬼の類いを信じるのか？」

「それは分からない。今までそんなものは見たことがない。ただ、その絵が不気味だと思っただけだ」

「不気味、ね」

絵を見やる。たしかにこの緑色の背景は不気味だった。

「赤い髪の毛の天女に背景は緑。たしかに不協和音を感じるな」

「だろう？　今にもそこから手を伸ばしてきそうな感じがする」

「それは写実的に描かれているからだろう。手を伸ばしている構図だしな」

「趙格様の祖父はこの娘に惚れたらしいが、理解できん」

「蒐集家というやつは変わり者が多いからな」

「ともかく、気をつけろよ」

「私を心配してくれるのか？」

「ああ、なんか妙な予感がするんだ。俺は頭はよくないが勘は鋭い」

「分かった。できる限り注意はしよう。それと念のため鈴々はこの部屋に近づけさせない」

「ああ、それがいい。あの娘はただの少女なのだろう？」

「そうだ。田舎から都に上ってきたただの小娘だ」

「不老不死ではないのだな。ならば巻き込みたくない」

「分かっているさ。あの娘がいなくなると美味《うま》い食事にありつけなくなる」

鈴々の回鍋肉《ホイコーロー》は絶品だ、と続けると李飛は「同感」と頷き、立ち去っていった。調査を始めるのだ。狭い室内にひとり残されると春麗は絵を覗《のぞ》き見《み》た。

「呪いの絵ねえ。それにしては穏やかな顔をしているが」

李飛は不気味だと言ったが、春麗にはただの西洋画にしか見えなかった。西洋人の技法で描かれたこの国の天女。それが春麗の評価であった。

「髪が伸びるところをしかと見てやる」

そのように意気込んだが、ずっと見張っているわけにはいかないので、寝転びながら本を読んだ。孔子と呼ばれる古代の哲学者が書いた本だ。なかなかにためになる蘊蓄《うんちく》が並べられていたが、その孔子なる人物は「怪力乱神を語らず」という言葉を残している。孔子は君子たるものみだりにあやかしや不可思議なことについて語ってはならないと戒めているのだ。

　春麗は呪いの絵など存在しないと思っているが、もしかしたら人を殺す絵は存在するかもしれないと思っている。以前に解決した妊婦事件や化け虎事件のような事例もあるのだ。思い込みによって自ら呪いに掛かってしまう可能性は否定できなかった。……もっとも、今回の場合は所有者がこれを呪いの絵ではなく、幸運の絵だと思い込んでいる点が引っかかるが。この絵を呪いの絵だと決めつけているのは所有者ではなく、周囲の人間だった。

「まったく面白い事例だな。あるいは今度こそ本当に怪異という可能性も」

　改めて言うが、春麗はこの世の怪異をすべて否定しているわけではなかった。そもそも春麗は毎朝鏡の中に怪異を目の当たりにしている。三〇〇年生きている仙女を見ているのだ。この世にはもしかしたら春麗以外の怪異も存在し、その怪異が悪さをしているという可能性も零《ゼロ》ではなかった。

「私は科学者だ。あらゆる可能性を否定してはいけない」

　というわけで読書のかたわら、時折絵を見つめるが、絵の中の娘と目が合うことはあっても、髪が伸びる現象を認めることはできなかった。

「とんだ肩すかしだな」

　軽く落胆した春麗は、ひとつ吐息を漏らした。

†

三年前――。白虎宮の一角にて。

「廉新様！　あなた様の兄上であられる廉岳《れんがく》様が挙兵されました！」

居室の前に走り込んできたのは腹心である李飛であった。

その報告を聞いた廉新は愕然とする。

「それは誠か⁉」

主《あるじ》の心情を察している李飛は、ゆっくりとだが躊躇うことなく首を縦に振った。

「兄上様はあなたを討って皇位を簒奪するおつもりです」

「信じられない。あの優しい兄上がそのような真似をするなど……」

「弟の風下に立つのが我慢ならないのでしょう」

「兄上はそのような狭量な人物ではない！」

反旗を翻した兄を庇ってしまうのは、廉新が甘いからではなかった。廉岳という男は廉新をなによりも大切に可愛がってくれた人物だったのだ。

「兄上は母を亡くした私を哀れんでくれた方だぞ。宮廷中から蔑まれていた私を庇ってくれた方だぞ。そのようなお方が私を裏切るなどあり得ない」

「しかし、現実には兄上様は兵を挙げられたのです。自分の封地である新陽で挙兵されました。廉新様を快く思わないものたちを纏め上げ、今回の即位に反対している模様」

「私を廃立して皇位を望むというのか」

「御意。先帝が死の床で自分を後継者に指名したという偽書もねつ造した模様。完全なる反逆罪です」

反逆罪、そんな言葉兄上には似合わない。あの優しかった兄が自分を討つために攻めてくるなど信じられない。

廉新は立《た》ち眩《くら》みを覚えたが、蹌踉《よろ》めくような真似はしなかった。新皇帝として即位したばかりであるが、家臣たちにそのような姿は見せられないと思ったのだ。廉新は軽く深呼吸をすると兄が反旗を翻したことを受け入れた。

「……もはや兄上と同じ天を戴《いただ》くことはできないのだろう。兄弟で皇位を争うのは宿命なのだろう。分かった。私は兄上の反乱を迎え撃つ」

「立派なご決断です。それでは宮廷内で勢力を固めねば。正規軍をこちらの味方に付けるのです」

「そうだな。この国の三大将軍を味方に付けねば」

中津国には三大将軍と呼ばれる存在がいる。この国を異民族から守ってきた英雄たちだ。

北方の異民族からこの国を守ってきたのは鎮北《ちんほく》将軍の羊湖《ようこ》。

西方の異民族からこの国を守ってきたのは鎮西《ちんぜい》将軍の趙格。

南方の異民族からこの国を守ってきたのは鎮南《ちんなん》将軍の厳王虎《げんおうこ》。

上記三人の将軍を自分の陣営に引き込めるか、兄との皇位争いはこの三人に懸かっていると言っても過言ではないだろう。

廉新はさっそく、三人に使者を立てる。

使者は即座に戻ってきた。それぞれの将軍の言づてを携えて。

まず鎮西将軍の趙格は言った。「天命はあなたの味方である」と。彼は無条件で廉新の麾下《きか》に入ることを明言してくれた。

鎮北将軍の羊湖は言った。「俺に王位を授けてくれ」と。この国の王位を望んだのである。

それを聞いた李飛は烈火のごとく怒り狂ったが、廉新はことさら怒ったりはしなかった。

廉新はさすがに王位は渡せぬと返答すると、順淮侯《じゅんわいこう》の位と衛《えい》将軍の位を授けると約束した。

納得がいきません、と鼻息を荒くする李飛にはこのように伝える。

「羊湖は用心深い男だ。ことさら褒美を強調することで自分は裏切ることがないと言明しているのだろう。今、この状況下で恐ろしいのは敵と味方を違えることだ。羊湖は褒美を惜しまねばこちらの味方になるのだ。これほど分かりやすい男もおるまい」

そのように李飛を納得させると、次いで三人目の将軍について語った。

「厳王虎のやつは使者すら受け付けません。南方の陣地で兵を固め、一歩も動かぬ構えを見せているようです」

「なるほどな。厳王虎はその勇ましい名前とは裏腹に肝が小さいところがある。それを利用しよう」

「どうされるおつもりですか？」

「趙格と羊湖に兵を進ませよ。このままでは朝敵になると思い知らせるのだ」

通常、味方にしようとするものを恫喝《どうかつ》するものはいない。しかし、廉新という男の肝は太かった。厳王虎が甘い言葉や媚《こ》びへつらいよりも恫喝に弱いと察した廉新は、躊《ちゅう》躇《ちょ》することなく兵を繰り出した。李飛は問う。「もしも厳王虎が取り乱して兄上様の味方をすると言い出したらどうするのです」と。それに対して廉新は悠然と返した。

「そうなれば私はそれまでの人間だった、ということだ。潔く兄上に討たれよう」

勇壮を通り越して無謀に近い策であったが、廉新の勇気は報われることになる。軍を繰り出した途端、厳王虎は恭順の意を示してきたのだ。

「突然のことにこの厳王虎は混乱しております。この身は中津国のものです。私の身はその正統な後継者である第一六代皇帝廉新様に捧げております」

厳王虎はそのように言うと、己の全能力を挙げて廉岳を討つことを誓った。

こうして廉新は中津国の皇帝として正規軍の半数以上を従えることに成功したのである。

兵力差は六対四で廉新が優勢であった。

このまま両軍が激突すれば勝利を収めるのは可能であったが、廉新はさらに調略を始める。兄の軍の切り崩しを図ったのだ。

両雄が相打てば必ず兵に被害が及ぶ。廉新としては勝つにしても最小限の損害で勝利を収めたかった。


「兄と軍を戦わせ合ってから三年か。あっという間であったな」

廉新はそのように漏らすと行灯を揺らした。

「結局、私は兄上に勝利することができたからここにいるのだが、まさか勝利の秘訣《ひけつ》に呪いの絵が関わっているとは夢にも思わなかった」

先日、李飛から呪いの美人画について聞いた。なんでも三大将軍の趙格は呪いの絵の真贋《しんがん》によってどちらに味方するか決めていたそうで、もしも絵の呪いがまがいものであったら兄のほうに付いていたそうな。

さすれば三大将軍のうちのひとりは裏切ったことになり、廉新は苦戦を強いられたかもしれない。いや、厳王虎も兄に従った可能性が高く、敗北していたかもしれない。そう考えると首の辺りが薄ら寒くなってくる。

「首を刎《は》ね落《お》とされるのはこの私のほうという未来もあったわけだ」

自嘲気味に笑うと朱雀宮が見えてくる。

「もしもあのとき、あの娘がそばにいたらどのような助言をくれただろうか」

後宮の弔妃である春麗は政治に口は出さぬとのことであったが、三〇〇年にわたって蓄えたその知識と知謀は有用であった。太祖の時代には軍師まがいのこともしていたらしいし、廉新よりも有用な策を出し、もっと簡単に兄の軍を追い詰めていた可能性もある。

「もっと早くに出会っていれば楽をできたかもしれないというわけか」

まったく、人の出逢いとはままならぬものである。そのように言いながら橋を渡り、後宮の弔妃の屋敷の前に立つ。その門は固く閉められているが、閂《かんぬき》などはされていなかった。春麗は人を近づけぬが、人を拒絶しているわけではないようだ。昨今、暇を見ては屋敷に足を運んでいるが、面会を拒絶されたことは一度もなかった。

「疎まれているが、嫌われているわけではないようだな」

そのように自己分析すると門を開いた。

すると鈴々という名の端女《はしため》がやってくる。

「こ、皇帝陛下⁉」

彼女は挙動不審となり、唇を震わせる。

「何度も言うが私のことを恐れる必要はない。ここにいるのは廉新というただの男だ」

右記のような台詞を一二度ほど繰り返しているが、鈴々の心に平穏が訪れることはない。「き、金箔入りのお茶をお出ししなければ」と厨房に消えていった。

「まったく、皇帝とは不自由な生き物だな」

自嘲気味に笑うと春麗がやってきた。

「なにを言う。おまえほど自由な皇帝もおるまい。まったく、暇があれば私の屋敷にやってきおって」

「美人画の謎が解明されたか知りたいのだ」

「ああ、あれか。李飛から聞いておろう。天女の髪は一向に伸びない」

「ふむ、ならば呪いなどないのであろうか」

「まだ予断は許さないがね。ところで凍えているようだが」

「花冷えがする。このような時期だというのに寒い。──おまえは寒くないのか？」

「一日中、屋敷に籠もっているから寒さなど感じない。季節感がないのだ、私は」

「なるほどな」

「しかし、皇帝ともあろうものを凍えさせては鼎《かなえ》の軽重を問われるな。今、鈴々に火を入れさせる」

「すまない」

　春麗に申し付けられ、鈴々は春麗の部屋の火鉢に火を入れる。

「この部屋は狭い。すぐに暖まるだろう」

「寝室を替えたのか？」

「ああ、呪いの絵の番人をしている。一向に私を呪ってはくれないが」

「髪は伸びていないようだな」

　廉新は火徳の天女の絵に指を伸ばすが、以前となんの変わりもないようだった。

「そういうわけだ。まったく、人騒がせもいいところだ。趙格の件、ただの病かなにかなんじゃないのか？　やはり呪いの絵など存在しないのだ」

「しかし、この絵は歴代所有者が死んでいると聞くが」

「尋ねるがおまえの父は生きているか？」

「すでに身罷《みまか》っているが」

「祖父は生きているか？」

「祖父も身罷っている」

「そのまたじいさんのそのまたじいさんも身罷っているだろう。つまり、そういうことだよ」

「つまり人はすべて死ぬ。この絵を所有したものが死んだのも偶然、ということか」

「そういうことだ。この絵を所有したものはたまたま寿命が短かった。以上、おしまいだ」

「むう、それでは困る。趙格が死んでしまうではないか」

「人生五〇年だ。趙格は六〇を超えているのだから天命でもおかしくはない」

「そうだが、この絵を手に入れるまでは壮健だったのだ。気骨の老人として知られていた。この絵を手に入れてから病に伏すようになったのだ。この絵の伝承を鑑みる限り、偶然の一言では考えにくい」

「まったく、おまえもしつこいな。呪いの絵などこの世に──」

春麗の言葉が止まったのは思いもしない事態が起きたからだ。春麗はその切れ長の目をこする。

「ば、馬鹿な。あり得ない」

「どうした?」

「いや、私は酔っ払っているのだろうか。その絵が変わっているように見えるのだ」

「絵が変わる?」

廉新は訝しげに絵を見つめる。たしかに違和感を覚えた。

「──髪が伸びている」

「――おまえにもそう見えるか」

「ああ、この部屋に入ったときよりも髪が伸びているぞ。間違いない」

「そんな、あり得ない。髪が伸びる絵があるなんて」

「しかし、現実に存在しているぞ」

「馬鹿な。呪いなどないと思っていたんだが、これでは軌道修正しなければいけないではないか」

「やはりこの絵は始末するしかないのか」

「そうだな。しかし、すべての謎を解いてからだ。そうでなければ気が済まない」

春麗はそのように言い張ると、廉新に寝所を出るように伝えた。

「この絵は呪いによって所有者を栄達させるという。おまえは皇帝だからこれ以上栄達できない」

「後宮の弔妃は栄達する気がない」

「そういうことだ。呪いの正体が分からない以上、同じ部屋にいるのは危険だ」

「あるいは気分が悪いということもあるか。冷や汗をかいているように見えるぞ」

「悪いか。私はこれでも女だ」

「呪いが恐ろしいか」

「呪いの正体が分からないのが恐ろしい。ええい、こうなると早く真相を知りたくなる。

李飛のやつはなにをしている」

「李飛には明日一番で情報を持ってこさせよう。あの男は仕事が早い。この絵の歴代所有者がどうなったか、答えてくれよう」

「趙格から採取した血液と頭髪の分析も終わるだろう。それによって真実が白日のもとに晒されるといいが」

春麗の実験室に視線をやる。怪しげな機材がたくさんあった。それらを使えば血液や毛髪の成分を調べられるのだそうな。中津国の科学技術を超越しているが、いったい、どのような理屈なのだろうか。以前から気になっていたので尋ねてみるが、彼女は黙して語ってくれない。なんでもこの世には知ってはならないことがふたつあるそうで、それは腸詰め肉の製造過程と春麗の実験過程だそうな。

「西洋の技術というやつは進んでいるのだな」

そのようにありきたりの感想を漏らすしかないが、春麗は「西洋と東洋の技術の融合さ」と、うそぶくだけだった。

†

翌朝、李飛は朝一番に春麗の屋敷に赴いたが、鈴々は主は寝ておりますと頭を下げた。

「朝一番で来いと言ったくせにそれはないだろう！」

李飛は苦情を述べるが、春麗はそれで起きるような玉でもなく、正午になって悠々と目を覚ました。李飛が待っていると分かっていてもゆったりと顔を洗い、紅まで差す始末。ちなみに待たせたことに対する弁明は、

「私の朝一番は正午のことだ。いい加減、学習しろ、脳筋め」

との言葉だった。

憤りを通り越して怒りを感じる李飛であったが、今日は廉新も一緒であったので矛を収める。

「昨晩は信じがたいことがあったのだ。春麗はその謎を解明するため、智慧を絞っていたのだ。悪気があるわけではない」

「廉新様はあの女に甘すぎます」

「東方の蓬萊《ほうらい》で日が昇ったとき、西方の国では日が沈むと言うではないか。人によって朝の定義が変わっていても仕方なかろう」

「ええ、肝に銘じますよ。午前中にこの女の屋敷に来ても無駄であると」

そのように皮肉を言うが、会話を聞いていた鈴々という侍女が目を輝かせて横から口を挟んだ。

「春麗様が起きる前に来てくだされればわたしがお話し相手になりますよ」

「そいつは有り難いが、端女と話す趣味はない」

「そ、そんな」

李飛は鈴々の好意に感づいていたが、どうでもいいと思っていた。自分は太監、つまり宦官《かんがん》だ。子孫など残せぬし、残すつもりもない。太監の中には引退した上で、結婚をし、養子を取るものもいたが、李飛はそのようなことに興味はなかった。ただ、一介の太監として終生、廉新のそばにいてその玉体を守るのが自分の使命だと思っていた。

しかし、廉新はそうは思っていないようだ。

「この娘、鈴々と言ったか。なかなかに器量がよい娘ではないか。おまえもいい年頃だ。妻帯すればいいのに」

「廉新様、俺はあなたの太監ですぞ」

「太監が嫁を貰ってはいけないなどという法はない」

「ありますよ。三代皇帝の公武帝廉育様が明文化されています」

「私はこの国の皇帝であったな。その法の上に李飛は例外と書くこともできる」

「れ、廉新様」

「まあ、ふたりは出会って間もない。今は愛を熟成する期間だ。法を変えるのはそのあとでもよかろう」

そのような冗談を言っていると、化粧を終えた春麗がやってくる。彼女は鈴々と李飛の間に立つと、

「うちの鈴々はやらぬぞ。この娘は私のものだ」

と言った。

「最初から欲しがっていない」

「ふん、どうだか。男は信用ならない」

「俺は太監だぞ」

「宦官はもっと信用ならない」

そのように言い放つと、春麗は「それで首尾はどうなのだ？」と尋ねた。

「美人画の所有者の件か。趙格様の父上が手放してから四人、趙格様の祖父が手に入れる前の五人の所有者が判明した」

「それはすごいではないか。おまえの調査能力は素晴らしいな。宦官などやめてしまえばいいのに」

「褒めてもなにも出ないぞ」

「分かっている。それで所有者は全員死んでいたか？」

「全員死んでいる。──おまえふうに言えば寿命で死んだものがほとんどだが」

「というと美人画を寝所に飾らなかったものは寿命で死に、飾ったものは怪死しているということでいいのかな」

「正解だ。すべての詳細までは不明だが、不審な死を遂げた所有者は例外なく寝室に絵を飾っていた」

「ちなみに死んだ季節は冬、もしくは春だったんじゃないか？」

「なぜ、分かる？」

「趙格の毛髪と血液から砒素が検出されたからだよ」

「なんだと、砒素が」

廉新は小さく唸る。

「つまり、趙格は砒素を盛られたということか？」

「そうなるな」

「毒殺か⁉　皇兄派が私に味方した趙格を恨んで事件に及んだのか？」

「いいや、今回は皇兄派は関係ない」

「ならば趙格を恨んでいるものか？　あのものは人徳者だぞ」

「恨みも辛《つら》みも関係ない。ただ空気の流れによって毒がその肺に入り込んだだけだ」

「毒は自然には空気に混じっていない。誰かの明確な悪意がなければ」

「いいや、そうでもない。今回の事件、いや、あの絵の歴代所有者も全員なんの理由もなく死んでいる。ちなみにあの絵を描いた画家ですらそんなことは予想していなかっただろう」

「よく分からない」

「ま、当然だ。私も科学的な調査をしてやっと分かったくらいだからね。さて、今回も謎解きの時間としゃれ込みたいが、趙格は病人だ。廉新にはその玉体を趙格の屋敷まで運んで貰いたいが、構わないかね」

「それはもちろん、構わない。そこで謎解きをするのか」

「そうだ」

「それでは明日、足を運ぼう」

「いや、今すぐだ。趙格は砒素中毒だ。すぐに治療したい」

廉新は李飛を見やる。今日の執務を取りやめにできるか確認しているようだ。

「各都市の太守が陳情にやってきていますが、ずらすことは可能です」

「よし、分かった。今すぐ行こう」

「それは助かる。それじゃあ、さっそくこの絵を持って趙格の屋敷に参ろうか」

春麗がじっと李飛を見つめる。

「へいへい、力仕事は俺なんだろう」

「分かっているではないか」

にこりと微笑むと、春麗は廉新と李飛を伴って趙格の屋敷に向かった。皇帝が行幸するとなるといくつもの手順が必要となるので、今回はあくまで廉新個人が赴くという形を取る。

「というわけで護衛は李飛だけだ」

そのように言うが、廉新自身、剣の達人なのだ。途中で悪漢に絡まれてもどうにかなるだろう。

それにこの洛央の都の治安は万全であった。追い剝ぎや盗賊の類いはそうそう出ない。

「これも廉新の統治が行き届いている証拠だな」

そのように褒《ほ》め称《たた》えるが、廉新は増長することもなく、

「今後もこうありたいものだ」

と言った。

こうして春麗と廉新、李飛の三人は趙格の屋敷へと往来を急いだ。

†

趙格の屋敷に着くと彼の孫娘が迎え入れてくれた。彼女は皇帝の顔を知らないらしく、

「この方は誰?」と尋ねてきた。

「皇帝」と短く答えると、「またまた冗談を」と少女は笑った。

「皇帝陛下が来られるとなったらまず使者を立てて予定を組んでからいらっしゃるものよ。陛下はあなたたちみたいに気軽に臣下の家を訪問しないものなの」

事実である。ちなみに皇帝という身分は不便なもので、臣下の家を訪ねるのにも制約

があった。例えば三年前に即位した廉新であるが、初めて臣下の家を訪問した際は大いに揉《も》めた。どの家から順番に訪問するか紛糾したのだ。皇帝即位に功績があったものから順にということになったが、そうなると順番にひとつ間違いがあっても大騒ぎとなる。あのときは丸一年掛けて綿密に巡る順番を考えたものだ。

「まったく皇帝とは不如意なものだ」

と改めて実感した出来事であったが、廉新は本来、気取らない性格の身軽な男。公式の訪問でなければざっくばらんに臣下の家にやってくることができた。というかやってきたのだが、趙格の孫娘趙星は容易に信じようとしなかった。なので趙格に面会するしないで一悶着《ひともんちゃく》になるが、「趙格と面会してもしも自分が皇帝ではないとなったらこの首を差し出そう」と言うとやっと趙格と面会が叶った。無論、趙格は皇帝の顔を忘れるわけがなかったので、顔を見るなり平伏した。

「皇帝陛下がなぜ、このような場所へ」

趙格は寝台から飛び降りて深く頭を下げるが、廉新は「無理をするな」と押しとどめる。

趙星は「あわわ」と口元を押さえていた。そんな少女に春麗は助言をする。

「気にするな。これは公式の訪問ではない。今、ここにいるのは龍袍を纏ってないただの廉新という男さ」

そのように言われても気軽に声を掛けることができるのは春麗くらいのものであった。この国では皇帝というのは神聖にして不可侵であり、敬って奉るべき存在なのだ。趙格と趙星は終始、腰を低くもてなすが、そんなふたりに廉新は言った。

「やってきていきなりなのだが、あの絵はやはり呪われていたらしい」

「なんですと⁉」

趙格は驚きを隠さない。

「皇帝陛下、それはなにかの間違いではないのですか？」

「間違いではない。あの絵の呪いによっておまえは病に伏しているのだ」

「なにか証拠でもあったのでしょうか」

「あった」

「恐れながら伺いたいです。あの絵は祖父が大切にしていたもの。わしの運命を変えたもの。たしかな理由がなければ処分できません」

「だろうな。詳細は春麗が話す」

そのように言うと視線が春麗に集まる。

彼女はわざとらしく微笑むと、

「紳士淑女の皆さん、今宵は私の謎解きに付き合っていただきありがとうございます」

と言った。

「春麗さん、あなたがあの絵の呪いを証明してみせるというのですか？」

　趙星は尋ねた。

「ええ、お嬢さん、科学的な考証によってあの絵を所有することの愚かさ、そして破却したほうがいい理由を説明してみせましょう」

「わたしは反対です。あの絵にはお祖父様と曽々お祖父様の思いが詰まっているんです」

「だろうね。しかし、同時に毒も詰まっている」

「毒？」

「あの絵の絵の具には砒素が使われている」

「砒素だと⁉」

　趙格は声を震わせる。

「そうだ。砒素だ」

「砒素ってなんなんですか？」

　なにも知らない趙星は尋ねる。

「砒素とは自然界に存在する元素のひとつだ。金属と非金属両方の性質を持った『半金属』の物質で、古くから人類に利用されてきた。農薬や防腐処理剤としてな」

「その砒素がなんの問題なのです？」

「砒素には強烈な毒性があるんだよ」

「毒性⁉」

「そうだ。毒物の女王と言ってもいいくらいの強い毒性を持っている。その致死量は〇・八分《三〇〇ミリグラム》。耳かきでひとすくい分くらいだ」

「そ、そんな少ない量で⁉」

「そうだ。あの絵によって趙格は砒素中毒になったんだ」

「あの絵の天女が祖父に毒を盛ったというのですか？」

「まさか、絵の中の人物は動かない。むしろ、毒を盛ったのはその背景だ」

「背景？　あの緑色の？」

「そう、その色に秘密がある。あれは花緑青色と呼ばれる、西洋で生産された緑色の顔料が使われている」

「西洋の顔料には砒素が含まれているんですか？」

「一部の色にはね。無論、西洋人も馬鹿ではないから昨今は砒素を使ってない顔料を開発しているが、一〇〇年前にはそんなものはなかった」

「そうか、あの美人画は一〇〇年以上前に西洋の技術で描かれたものだから」

　李飛がそのように言う。

「そう、顔料にたっぷりと砒素が使われているというわけさ」

「しかし、顔料に砒素が使われているだけで砒素が体内に入るものなのだろうか」

廉新が常識論的に尋ねてくる。

「普通ならば入らない。ただし、特定の条件が重なれば入る」

「特定の条件？」

「この絵が置かれていた場所の下を見てみたまえ」

「下……」

その場にいた全員が〝それ〟を見つめる。

「火鉢か⁉」

「そうだ。この絵は火鉢によって熱せられたとき、その顔料を溶かして砒素を拡散させるんだ」

「そうか、だから怪死した所有者は皆、冬か春に死んだのか」

「そうだ。冬の間に溶けた顔料によってじわじわと身体を弱らせ、春先に死ぬって寸法さ」

「この絵を寝所に置いたものが死ぬって話も」

「絵のある部屋にいる時間が長ければそれだけ砒素が身体に入り込む。火徳の天女という題名もよくない。ついつい火の側《そば》に置きたくなる」

「髪が伸びるというのは？」

「この絵の天女は元々長髪だった。所有者の要望かは知らないが、背景の花緑青色で短髪にさせられた。それが徐々に剝がれて髪が伸びているように見えただけだ」

そのように言うと春麗は口当てをして絵の背景を削り取る。その下には確かに女性の髪が描かれていた。

「すごい、すべて繫がった」

「しかし、この絵と共にいることで幸福がやってきたものもいるわ。そういう伝承もある」

趙星はそのように言うが、春麗は反論する。

「最初にこの絵を所有したものが高値で売るために作り上げた与太話だろう」

「でも、曽々お祖父様はこの絵を所有したことで司空になったって。お祖父様はこの絵を所有したことで車騎将軍になったのよ」

「すべては偶然だ。君の曽々祖父さんに会ったことがある。有能な男だった。司空になってても不思議じゃない。君の祖父様の件もたまただ。皇帝軍、皇兄軍のどちらであろうと、戦勝すればその論功行賞で車騎将軍の位を賜っていたはず。この絵は幸運を招く絵ではないよ。ただの毒婦だ」

そのように春麗は説き、趙家の人々が信じ込んでいた誤謬を正した。

「そ、そんな、この絵は幸福の絵じゃないの？　悪魔の絵なの？」

「そうなるね。君はそれでもこの絵を手放したくないかい？」

趙星は沈黙する。次いで趙格を見るが、彼は決意を固めていたようだ。

「わしは祖父を尊敬していた。その祖父が大切にしていたこの絵も祖父と同じように思っていたが、それは浅はかであったらしい」

「分かってくれたか」

「ああ、この絵はこの中津国に存在してはいけないものであったのだ。もっと昔に処分すべきであった」

「そう言ってくれるなら有り難い。この絵はこちらで処分していいか？」

「頼めるのか？」

「私には優秀な下僕がいる。そのものに穴でも掘らせて埋めよう」

「……下僕とは俺のことか？」

「地の底まで掘れよ、下僕」

「なんて口が悪い女なんだ」

李飛は不満げに言うがその役を断る気はないようだ。彼は皇帝陛下の役に立つことならばなんでもするのだ。絵を始末することによって皇帝の大切な臣下が命を長らえるのならば安いものであった。

ふたりのやりとりを見ていた廉新は、にこやかに微笑む。

「これで一件落着だな。私は忠勇なる臣下を救うことに成功したようだ」

その言葉を聞いた趙格は深く頭を下げる。

「絵に固執するような愚鈍な臣下をお見捨てにならず、この命を繋いでくれたこと、誠に感謝いたします」

「なにを言う。中津国の三大将軍であるおまえが私の味方をしてくれたから私の今があるのだ。その忠勇、今後もこの国のために使ってくれ」

「はは！　一日でも早く元気を取り戻し、槍働きをしとうございます」

「うむ、そのためにも春麗の言うことを聞いて養生するのだぞ」

「は、それなのですが、この娘はいったい何者なのです？」

「何者だと思う？」

「最初は医者かと思いましたが、違うようです。陛下の特命を帯びているようですが」

「おまえも後宮の弔妃の噂くらいは聞いておろう。このものがその弔妃だ」

「なんと」

「中津国に三〇〇年近く住んでいる希代の仙女だよ。三〇〇年分の知識と智慧を持っている」

「それでこのものは頭の回転が速いのですな」

「そうだ。このものの知謀は尽きることはない。宮廷の謎をすべて解き明かしてくれそうだ」

「なるほど、いやはや、これが噂の弔妃ですか」

趙格は感心したように春麗を見下ろすと言った。

「このものはこの中津国の皇帝の死を見送るものだと言います。それと同時に皇帝の寵愛を受けるものだとも。陛下にはまだ御子はおりません。どうです、この際、この娘と皇嗣《こうし》をお作りになっては？」

お節介な年寄りふうに言うが、春麗は毅然《きぜん》と断らせて貰う。

「私は太祖廉羽とも褥を共にしていなかった。もしも私に夜伽《よとぎ》をさせたいのならばそれ相応のものを用意するのだな」

廉新は無表情に問う。

「たとえばどのようなものがほしいのだ？」

「そうだな。ものではなくことがほしい」

「こと、か」

春麗は夜空に輝く星を指さすと言った。

「私はあの星々を巡ってみたい。この世界ではないどこかに行ってみたい」

「星々の彼方《かなた》か」

春麗が指を指したのは射手座であった。彼女の心を射止めるには射手座に連れて行かなければいけないらしい。それには空飛ぶ牛車が必要であろう。中津国の皇帝の権力は絶大であるが、さすがに空を飛ぶ牛車を用意することはできなかった。つまり、このものを嫁にすることはできないようだ。

皇帝とは本当に不如意な存在だ、好いた女ひとり自分のものにすることができないのだから――。廉新はそのように得心すると、ままならぬ弔妃と共に空を見上げ続けた。

四話　母の日記

一六代皇帝廉新の母親はとても優しい人物であった。

およそ怒るという感情がない女性で、どこまでもたおやかでしとやかな人であった。

幼い廉新は母親のことが大好きで、母親のあとに付いて歩いては母親を困らせた。

「廉新、ごめんね。今、お母さんは仕事中なの。針子の仕事を頼まれてしまって……」

幼き頃、廉新は宮廷の外で育った。母は皇后一派に嫌われており、宮廷を追放されたのだ。母は朝廷から下賜される僅かな生活費と針子の仕事で自身と息子を養っていた。

それゆえに針子の仕事を邪魔されるのは非常に困っただろうが、母は怒ることなく、息子のわがままを許した。やはり母はどこまでも優しい人であった。

しかし、そんな母親もひとつだけ厳しい点があった。日記帳を見ることだけは許さなかったのである。母親は毎日のように日記を付けてはそれを衣装箱にしまっていたが、廉新がそれを見ようとすると烈火のごとく怒った。

「廉新、それだけは見てはいけないと教えたでしょう。それを見ればあなたは母さんの子ではなくなってしまうのよ」

母は幼き廉新をそのように脅した。悪いことをすればうちの子ではなくなる。数多の母親が子供を躾《しつ》けるのに使われる言葉であったが、それは廉新にも効果覿面であった。廉新は幼き頃より母の日記帳だけは見ないようにと気を付けた。

母親は死のその瞬間まで日記を付けていたようだが、廉新はついぞそれを見ることなく、現在に至っている。あるいは母が故人となった今こそ日記を見るときなのかもしれないが、残念ながら母の遺《のこ》した日記は喪失していた。母がどのような気持ちで宮廷を追放され、どのような気持ちで廉新を育てていたか、今となってはそれを知る手立てはなかった。

廉新は悲しげな気持ちで側近である李飛に問うた。

「母上はどのような気持ちで私を育てていたのだろうか」

太監の李飛は少し困ったような顔をすると、常識論を述べた。

「自分の息子の幸せを望まぬ母などおりますまい。ただただ穏やかで健やかに育ってほしいと願っておられたのではないでしょうか」

「李飛はそう思うか？」

「御意。俺は廉新様の御母上にお会いしたことはありませんが、そのお人柄は聞き及んでいます」

「そうか。そうだな。そう思ってくれていれば私としても嬉しい」

「しかし、急にどうなさったのです。御母上のことにお触れになるとは珍しい」

「母の命日が迫っているのだ。それに時折、母のことを思い出している。それが死者の魂を慰撫《いぶ》する唯一の方法だと聞く」

「廉新様も心優しい御子息でございます」

「李飛は父母のことを思い出さないのか？」

「俺の父母も亡くなってから大分経ちます。時折思い出しますが、叱られたことばかり思い出します」

「李飛は悪童だったのか」

「はい。親泣かせの洟垂《はなた》れ坊主《ぼうず》でした」

「今の姿からは想像――はつくか。活発な子供だったのだな」

「御意。奴婢の子供たちと下町を駆け回っていました」

「ふむ、私もそうだ。子供の時分は悪さをした」

「廉新様が⁉　信じられません」

「これでも悪たれ坊主だったよ。母上には迷惑を掛けた」

「現在のお姿からは想像もできませんな」

そのように主従で子供時分の話に花を咲かせていると内侍省礼部府《れいぶふ》の長がやってきた。

白髪に白髭《しらひげ》の老人、名を陽管《ようかん》という。

「皇帝陛下、ここにおられましたか」

「陽管か。なに用だ？」

「お耳に入れたいことがございまして。しかし、今はお忙しいようですな」

「忙しくはない。李飛と昔話をしていただけだ」

「なるほど、そうでしたか。どのような話をされていたので？」

「母上の話だ」

「……なんと御母堂の」

「そうだ。私も李飛もまだ母が恋しい年頃らしい」

自嘲気味に笑う。

「なんの、それがしもでございます。男は何歳になっても母を恋しがるものです」

「そのようなものなのか。ところで私の耳に入れたい話とは、どのような話だ？」

「それが、その母君のことでございます」

「なんだと？」

「皇帝陛下の母君の侍女を務めていたものが次々と怪死しているのです」

「母上の侍女が？」

「御意」

「怪死と言ったが、他殺なのか？」

「分かりません。ひとりは首を吊《つ》り、ひとりは手首を切り、ひとりは入水《じゅすい》しております。自殺のようでもあり、他殺のようでもあり。内侍省後宮府《こうきゅうふ》の役人は詮議を重ねているようです」

「ふむ、由々しき事態だな」

「左様でございます。ですから陛下のお耳にお入れしました」

「助かる。母上の侍女は私の侍女も同じ。これ以上、死者が出ないことを祈りたい」

「それがしといたしましてもその気持ちは同じでございます」

「そうか。しかし、内侍省礼部府長吏ともあろうものに調査をさせるのは気が引けるな」

「それがしは宮廷の儀典を預かるものです。昨今、宮廷の行事は少ない。気にされないでくだされ」

「暇だと申すのだな。ならば貴殿に調査を頼みたいが、心強い助っ人《すけと》を用意しよう」

「助っ人？」

陽管は眉間に深いしわを寄せる。

「それがしだけでは不満ですかな」

「貴殿を信用していないわけではない。貴殿の助けになるような人物に心当たりがあるのだ」

「廉新様、もしかしてそのものは後宮の弔妃では？」

口を差し挟んできたのは李飛だった。

「正解だ。よく分かったな」

「これで四度目ですからね。またあの女の智慧を借りるおつもりですか」

「ああ、あの娘はこの宮廷で、いや、この世界で一番頭がいい。宮廷で巻き起こる謎をあっという間に解いてくれる」

「今回もそうであると？」

「そうだ」

「……陛下がそのように言われるのならば止めはしませんが」

李飛は溜息を漏らす。

陽管も納得がいっていないようだが、皇帝の意向には逆らえない。

「それではさっそく、後宮の弔妃を呼びに参ろう。李飛、供をせい」

「また廉新様自ら迎えに行かれるのですか」

「そうだ。後宮の弔妃に頼み事をするのだ。それくらい当然であろう」

「陛下は玉体を軽んじすぎです。こういうのは臣下を使者に立てればいいのです」

「後宮の弔妃は何者にも束縛されぬ役職とされている。皇帝とて命を下すことはできないのだ。ならば自身で頼みに参るしかあるまい」

そのように言うと廉新は微笑みを浮かべた。廉新は春麗に頭を下げに行くのが楽しいらしい。

「……まったく、万乗之君であらせられる陛下がたかだか一貴妃に頭を下げに行くなど前代未聞だ」

「二〇ヶ月の妊婦、化け虎、呪いの美人画、昨今、宮廷では前代未聞の事件ばかり起きているのだ。前例にこだわっていたら宮廷の舵取《かじと》りなどできない」

「開明的で英明なご判断でございます」

内侍省礼部府長吏・陽管はしわがれた声で頭を下げる。どうやら彼も朱雀宮の春麗のもとへ向かうつもりであるようだ。これで弔妃に頼るのを厭がっているのは李飛だけになった。民主主義とやらではないが、多数決によって春麗の屋敷に向かうことに決まり、三人はそのまま朱雀宮へ向かった。日が落ちていたので朱雀宮はとても薄暗かった。相変わらず後宮の弔妃は灯りを嫌うようだ。それでいて書物を好むのだから不思議である。あのような暗き部屋で本を読むと目が悪くなるような気がするのだが。不老不死というやつは目にも良き効果をもたらしてくれるのかもしれない。廉新はそのように想像した。

「うふふ、白粉《おしろい》に紅まで差して、今日の春麗様はおしゃれさんです」

主のことをそのように称したのは侍女である鈴々だった。

「今日は皇帝陛下が御成りになるから女性らしさ全開ですね」

とは余計な一言かもしれない。春麗はつむじを曲げる。

「あやつが来るからめかし込んでいるのではない。めかし込むのは趣味だ。女の特権を行使しているに過ぎない」

「でも、今日は特別にお高い白粉に紅を使っておられます」

鈴々は的確に春麗の弱みを突いてくる。

「南山《なんざん》の中腹でしか取れない紅花のみで作った紅。水銀や鉛などを使わない貝や米粉などで作った白粉を使っておられます」

「細かいところまで見ているな」

「ええ、女でございますから。主の化粧品にも目を光らせております」

「私は不老不死だからな。化粧品の原料に水銀や鉛を使っていても支障はないのだが」

「でも、愛する皇帝陛下には支障があるから天然素材なのでございましょう」

「ふん、穿《うが》った見方をするでない」

春麗は機嫌を悪くするが、鈴々は気にせず春麗の髪に油を塗る。椿油《つばきあぶら》だ。

「本当、春麗様はお美しいです。女のわたしが見ても見惚《みと》れてしまうくらいに」

「こそばゆいではないか」

「陛下がご寵愛なさるのも分かります」

「寵愛などされていない。ただの便利屋としてこき使われているだけだ」

「ご存じですか？　皇帝陛下には三四人の貴妃がいらっしゃるそうですが、こうして足《あし》繁《しげ》く通っておられるのは春麗様だけなんですよ」

「ほお、あの助平がね」

「寝所を共にしなくても春麗様のことを愛していらっしゃるんですよ。皇帝陛下は春麗様の虜なんです」

「単にあっちのほうが盛んでないだけだろう。そういう皇帝は希《まれ》にいる」

九代皇帝賢立帝廉蜀《けんりつていれんしょく》は有能な君主であり、勇猛な将軍でもあったが、生涯、女犯《にょぼん》しないことを誓っていた。周囲に一切、女を近づけさせず、後宮には自分の母親と妹たちしか住まわせなかったという。彼は軍神を信仰しており、情欲を抑えることによって必勝の策を授かれると信じていたようだ。実際、彼は国士無双の武人として知られており、中津国の版図を大きく広げたことで知られる。周囲の異民族を屈服させ、広大な領地を得たのだ。とても変わり者で一度、敵将に敗れたことがあるのだが、そのときその敵将に勝利するまで座って食事をしない、という誓約を自分に課したことがあった。しかし運が悪いことにその武将との再戦は一六年後となってしまい、一六年間にわたって立ったまま食事をしたという逸話もある。変わり者が多い廉一族の中でも一際変わっていたのが、九代皇帝賢立帝であった。

「まあ、そんな変わった皇帝陛下がいらしたのですね」

「廉王朝の皇帝は変わり者ばかりだ。常人を探すほうが難しいくらいだな」

「その中でも今上陛下は変わり者なのでしょうか？」

「なかなか摑み所のない男だ。雲のように自由で、それでいて山のようにしっかりとした芯を持っている」

「たしかに今上陛下は有能なお方です。複数いらした兄上様方を差し置いて立太子され、その後、兄上様方の反乱を武力によって封じられました」

「一六代目の皇帝は武力にも秀でているらしいな。ま、私には関係のない話だが」

春麗はそそくさと化粧を終えると本を読み始めた。

「また難しそうな本を読んでおられますね」

「なかなかに面白いぞ」

「私は娯楽小説しか読めません。中津国《なかつこく》水滸伝《すいこでん》や四國志演義《しこくしえんぎ》なら読めるのですが」

「そういった通俗小説は読み飽きた。三〇〇年も生きていると人間の生み出すものに法則性が見えてくるのだ」

「簡単にオチが分かってしまう、ということでしょうか？」

「そうだな」

「不老長寿も大変でございますね」

　ふふふ、とふたりで笑みを漏らしていると、春麗の屋敷の門を叩くものがあった。

「この門の叩き方は皇帝陛下であられますね。噂をすればなんとやら、です」

「今日は事前にやってくると布告があっただろう」

「はい、珍しくございました」

「きっとまた私に難題を押しつけるつもりだ。……まったく、歴代皇帝の中でも面の皮の厚さは一番だな」

「ご尊顔のお美しさも一番かもしれません」

　鈴々はそのように言うと香炉を持ってくる。伽羅《きやら》のお香を焚《た》くつもりのようだ。そんな高い物を焚かなくてもいいと春麗はたしなめたが、鈴々は皇帝陛下に粗末な匂いでは申し訳ありません、と主張した。ただの女官である鈴々にとって皇帝とは神聖にして不可侵の存在のようである。春麗にとっては一六人いる皇帝のひとりくらいでしかないのだが。そのような感想を抱いていると皇帝が春麗の屋敷に入ってきた。

「なに用だ、廉新」

　いつもの口調で言うと横にいた老人が激発した。

「恐れ多くも皇帝陛下を呼び捨てにするなど、そこに直れ」

　その横には李飛もいたが、彼は珍しく冷静であった。恐らくではあるが、自分より先に激高するものがいたため、怒りを露わにする頃合いを見失ってしまったのだろう。あるいは春麗の無礼になれてしまっているのかもしれない。むしろ、李飛は「この女の無礼は今に始まったことではありません。なにとぞ、落ち着いてください」と押さえ役になっていた。

「むむう、しかし、陛下を愚弄するものを許すわけには」

それでも食い下がる陽管に皇帝は言う。

「このものは後宮の弔妃だ。皇帝とは対等の存在。礼節を尽くす必要はない」

「皇帝陛下と対等のものなどおりません」

陽管は慌てて否定するが、廉新は首を横に振る。

「私はこのものの前ではただの人として接したいのだ。私は皇帝である前にただの人でありたい」

「……皇帝陛下」

皇帝の固い意思を感じ取った陽管は春麗の非礼を許すと、皇帝に倣い深々と頭を下げた。

春麗はそれを当然のように受け取ると、

「それで今日はなに用かね」

と尋ねた。

「うむ、今日もまた調査の依頼だ」

「また調査か。宮廷は伏魔殿か」

「たしかにその言通りだな。またしても殺人事件が発生しているのかもしれないのだから」

「殺人事件ね。どのような事件だ？」

「私の母の侍女だったものたちが次々と怪死している」

「怪死というと？」

「首をくったり、手首を切ったり、入水したり、様々だ」

「死に方にまるで共通点がないな。自殺か？　他殺か？」

「それは不明だ。それを調べてほしい。そしてこれ以上死者が出ないようにしてほしい」

「なるほどね。今回の肝は〝亡き母親〟というわけか」

「ああ、すでに亡くなってから一〇年以上経っている」

「だのに急に縁のあるものたちが死に始めたのだな。まさしく謎《ミステリー》だな」

「そうだ。後宮の弔妃は謎を欲するという。まさにおまえにおあつらえ向きの謎のような気がするのだが」

「ああ、たしかに私向けだよ。いいだろう、その謎、解いてみせよう」

「頼まれてくれるか」

「皇帝ともあろうものが足を運んでくれたのだしな。それにおまえは前に言った。私たちの共通点は共に母が好きだということだと」

「たしかに言った」

「人間、何歳になっても、たとえ皇帝になっても親離れできないものだ」

「そうだな。いまだに母上のことを夢に見るよ。朝起きると涙ぐんでいることもある」

「そういう正直なところ、嫌いではない」

春麗はそのように言うと宮廷の女官がこれ以上、死なないように謎を解き明かす旨を伝えた。

「他殺か自殺か、それを調べるのが先決だな。さて、今回の助手は脳みそが筋肉でできている宦官と棺桶に片足を突っ込んでいる老人でいいのかな」

「李飛は有能な太監だ。陽管は内侍省礼部府長吏という重職を担っている」

「内侍省礼部府長吏ね。宮廷の祭祀《さいし》などを担当する役柄か」

「そうだ」

陽管は自身で頷き肯定する。

「五品官か。いわゆる殿上人というやつだな」

殿上人とは皇帝と正式に面会できる立場の人間である。それ以下の役職では任命式に皇帝は参列しないし、上奏の儀も行えない。ちなみに後宮の弔妃は五品官相当に当たる官位を持っている。太祖が気を利かせて持たせてくれた土産のひとつだ。

「しかし、まあ、後宮の弔妃というやつを初めて見た。先代の皇帝陛下は貴殿を無視して後宮の奥に押し込んでいたからな」

「廉新の父とはとかく相性が悪かったな。やつは賢しい娘が嫌いなようだ。——それで初めて見た感想は？」

「三〇〇年以上生きているようには見えない。それがしの孫娘よりも若々しい」

「一六の頃には年の取り方を忘れてしまったからな。それから成長していない」

「おなごの最盛期から一切年を取っていないのか」

「一六を最盛期と定義するかは人それぞれだがな。一八歳を女盛りと言うものもいるし、二一歳からお肌の曲がり角だと言うものもいる。あるいは三〇歳前後が熟れ頃だと熱弁するものもいるな」

「それがしも女は三〇歳前後に限るな」

「とんだ助平爺だが、色目で見られなくて助かる。さて、それでは最初に怪死したという女官の情報から集めようか」

「そうだな」

と陽管は廉新のほうを振り返ると深々と頭を下げた。李飛もそれに倣う。春麗は頭《こうべ》を垂れないが、ふたりが今さらそれを注意することはなかった。

「春麗、李飛、それに陽管、頼りにしているぞ。母上の女官の死の真相をどうか解き明かしてくれ」

廉新はそのような言葉を掛け、三人を送り出した。

一人目の女官が死んだのは三ヶ月前のことであった。彼女は廉新の母藍香《らんこう》に仕えていたのだが、藍香が死んでからは青龍宮で洗濯婦の仕事をしていたらしい。

「貴妃の女官から洗濯婦へ格下げか。哀れな」

春麗は率直な感想を述べる。

「貴妃というのは気難しいものが多い。手垢《てあか》の付いた女官を嫌うものもいる」

仕えていた貴妃が死んだからと別の貴妃に鞍替《くらが》えはできないようだ。ましてや廉新の母の藍香は後宮の中でも位が低かった。良家の子女あがりの貴妃たちからは評判が悪かったのだろう、と陽管は言った。まるで見たような口ぶりだな、と春麗が言うと、李飛が説明をする。

「内侍省礼部府長吏・陽管様は廉新様が宮廷に戻ってから庇護してくださった高官のおひとりだ」

「ほう」

「廉新様の御母上は寒門出身の貧乏貴族の娘。宮廷内になんの後ろ盾もなかった。そんな中、支持してくださった数少ない高官が陽管様だ」

「先物買いの名人かな。廉新が皇帝になるとよく分かったな」

「そこまでは分からないよ。しかし、聡明な皇子だと思った。己の手で庇護しなければと思った。実の孫のように可愛がっていたらいつの間にか立太子された。それだけのこと」

「ならば当時の女官たちのことも知っているのだな」

「そうだ。最初に死んだ女官は、名を崔和《さいわ》という。とても気立てのいい娘だった」

「娘の死因は？」

「縊死《いし》」

李飛は一言短く言う。

「首をくったということか」

「そうだ。陽管殿、遺書などは残されていなかったのでしょうか？」

「そのようなものはなかったと聞いている」

「ならば当時の同僚に話を聞くしかないか」

「そのためにこの青龍宮にやってきたのだろう」

陽管の言葉通りだったので、そのまま洗濯婦たちを集める。皆緊張していた。それはそうか、洗濯婦たちは無位無冠の下女、それに引き換え内侍省礼部府長吏・陽管は五品官の位を持つ顕官なのだ。緊張するなと言うほうが難しい。彼女たちの緊張を和らげるため、春麗が代表して優しげな口調で言った。

「身構える必要はない。今日は三ヶ月前に首をくった洗濯婦崔和の話を聞きに来ただけだ。誰かを処罰するとか、責任を問うとか、そういうことではない」

春麗の言葉が効いたのか、洗濯婦たちはほっと胸をなで下ろす。

「私が聞きたいのは崔和が首をくくるような娘だったか、ということだ。つまり、なにか思い悩んでいたか、ということを聞きたい」

女官たちは首をかしげる。同じ洗濯婦仲間ではあるが、その心の内までは知ってはいないようで、そのような質問をされても困る、という表情をしていた。ただ、一番年下の洗濯婦が恐る恐る手を挙げる。

「あ、あの、ご参考になるかは分かりませんが」

「なんだね」

と目を輝かせる春麗。

「崔和さんにはよくして貰ってたんですが、近く洗濯婦の職を辞するかも、と言っていました」

「ほう。彼女はいくつだった？」

「三〇の中頃です」

「引退するには早いな。洗濯婦の仕事が厭だったのだろうか」

「いえ、彼女は洗濯婦の仕事に誇りを持っていました。自分の性に合っているとも」

「ならばなぜ、急にやめようとしたんだ？」

「そこまでは分かりません」

「他に変わったところは？」

「崔和さんが大切にしていたかんざしをいただきました」

　これです、と現物を見せる。洗濯婦の持ち物だから高いものではないが、安物ではない。気軽に人にあげるようなものではないような気がするのだが。

「新しいものを買ったからわたしにくれると言っていました」

「なるほどね。急に金回りがよくなったのかな」

　春麗は端整な顎に手を添え考え始めるが、これだけの情報ではなにも纏まらない。

「おまえたちは崔和の死に心当たりは一切ないのだな？」

　改めて確認をしたものの、皆に首肯され、それ以上の情報を得ることはできなかった。

春麗は次の女官の死の真相を探ることにした。二人目の死者は玄武宮の御《み》厨《くりや》で働く端女だった。またしても貴妃付きの女官からの降格である。後宮の人事の酷薄さが窺える。

　二番目に怪死したその端女は二ヶ月前に手首を切った。

　同僚たちに話を聞くと彼女もまた死ぬ理由に心当たりはないということであった。心身共に健康であり、自死の兆候は見られなかったという。なにか置き手紙のようなものはなかったのだろうか、と突っ込んで尋ねると、ひとりの端女が手を挙げた。

「あ、あの、わたしが最初に彼女の死体を発見したのですが、その横になにか書簡のようなものがありました」

「なに、それは本当か？」

李飛が喰い気味《くぎみ》に前のめりになる。鼻息の荒い宦官に軽くおののく端女。

「は、はい。ただ、人を呼んで戻ってきたらなくなっていましたが」

「なんだと？　そんなことがあるのか？」

「誰かが持ち去ったということじゃろうか」

陽管は首をひねる。

「しかし、今回の事件、陛下の御母上が幽鬼となられてかつての女官を欲しておられるという話もあるしの」

なんでも廉新の母が無念の死を遂げたことから、その魂が幽鬼となってかつて自分に仕えた女官を殺しているという噂が宮廷に広まっているそうな。毒殺を防げなかった恨みだと言うものもいるし、あるいは幽鬼となって彷徨《さまよ》う寂しさゆえの凶行と言うものもいる。廉新は「母はそのようなことをしない」と否定するが、毒殺という無念の死を遂げたものはこの手の噂の種になりがちであった。

「金回りのよくなった女官に消えた遺書か。謎は深まるばかりだな」

李飛の言のように、一向に手がかりが得られないまま春麗たち三人は三人目の死者の調査に向かった。

三人目は白虎宮で掃除婦をしていた端女である。彼女は入水して死んだとのことであった。

「三者三様、死に様が違うな」

春麗は己の顎に手を添える。

「そうだな。しかし、入水というのは存外難しい。強固な意思がないと死にきれない」

「それほどまでに死にたかったのかな。死体があればある程度考察できるのだが」

しかし、掃除婦が亡くなったのは一ヶ月前であった。死体はすでに埋葬されている。

発見当時の状況を目撃者から聞くしかなかった。

第一発見者の話では、死体はとても穏やかで厳かな表情をしていたという。

「ふむ、おかしいな」

春麗は率直な感想を口にする。

「おかしいとは？」

「水死というやつはとても苦しいものなんだ。この世で一番苦しいという話もある。どんな美女も醜悪な表情で苦しみもだえて死ぬのだ」

「例外があるとすれば死後に水に投げ込まれた場合だな。そうであれば穏やかな表情をしていても不思議ではない。ちなみに死後に放り込まれたのなら肺に水は入っていないはず」

「そうなのか」

「死体を掘り出して調べられないのか」

「さすがに死後一ヶ月も経過していれば分からないよ」

「おまえは三人の端女は殺されたと思っているのか？」

「十数年前にお付きの貴妃を守れなかったことを後悔して同時期に自殺を図った、と解釈するよりは、なにものかによって連続して口を塞がれたと解釈したほうが合理的だ」

「それはそうだが、今回の件、藍香様の死が絡んでいるんだろうか」

「三人の共通点は同じ貴妃に仕えていたということだけ。主の死が原因であると考えるのが妥当だが——」

「なぜ、そこで言葉を濁す？」

李飛は不満げに言った。

「そうなると一番の被疑者はおまえの主になる」

「なんだと⁉」

「藍香暗殺当時、間近にいながら守れなかった女官たち。その息子は十数年後、権力を握って皇帝となった。死を与えることができる立場になった」

「それ以上、廉新様を愚弄すると許さないぞ！」

今にも腰の剣に手をやろうとする李飛を、陽管は宥《なだ》める。

「後宮の弔妃殿は可能性を考慮しているだけだろう」

「陽管様、この女は廉新様を疑っているのですぞ」

「そうだな。しかし、廉新様は疑われても仕方のない動機を持っている。もっとも、廉新様が犯人ならばこのような真似はせず、ただ皇帝として死の勅命を出せばいいだけではないか」

「そうなんだ。廉新は一番の被疑者だが、そこが合理的じゃないんだよな」

春麗は「ううむ」と唸る。

「一番の容疑者だが、一番に被疑者の候補から外さなければならない」

そう結論を述べると、李飛は怒気を収めた。

「まったく、この女は不敬すぎる。恐れ多くも皇帝陛下を疑うなど」

「自分から調査を依頼しておいて、実は自分が犯人だった、というおちはよくあるものさ。しかし、今回は違うという前提でことを進めようか」

「そうしてくれ、不愉快でたまらない」

「正直、これだけの情報では犯人が誰で、なんの目的があるかも分からない」

「後宮の帀妃の脳細胞は飾り物か」

「私は天才ではあるが、神ではない。僅かな情報から真実を導き出すことはできない。もっと情報がいる」

「しかし、死んだ三人からはこれ以上情報は引き出せないぞ」

「そうだな、私は死を見送るものだが、死者と対話はできない。しかし、生きているものとならばできる」

「というと？」

「つまり四人目になるかもしれないものたちと話したいということさ。廉新の母親の女官だったものは三人だけじゃないんだろう？」

陽管を見つめると、彼は、「うむ」と頷いた。

「生きているもののほうがより確度の高い情報を持っているものさ。それでそのものはどこにいる？」

李飛は目録を調べる。

「四人目の女官は現在、後宮を離れている」

「なんと」

「それではある意味、安全ということか？」

陽管はそのように述べるが、春麗は首を横に振る。

「一連の怪死の謎が解けない限りそうは言っていられない。早急に保護すべきだ」

「それでは早速行こうか」

「いや、しかし、ことはそう簡単に運ばないようだぞ」

「というと？」

「四人目の女官は名を蘭羊《らんよう》というのだが、この女官だけ今現在も女官なのだ」

「端女にはなっていないということか。どこかの貴妃の女官になっているのか？」

「それならば皇帝陛下の威光で容易に接触できる。蘭羊は諸自世の屋敷で働いている」

「諸自世？　どこかで聞いた名だな」

「諸自世は皇兄派のひとりだ」

「ああ、思い出した。妊婦事件のときに会ったな」

「諸自世は民事《みんじ》省《しょう》工部府《こうぶふ》の長吏を務めている。未だ宮廷にくすぶる皇兄派のひとりだ」

皇兄派とは廉新の兄である廉岳を担ぎ出していた一派である。三年ほど前に後継者争いの兵を起こしたのだが、廉新はそのとき皇兄派を一掃できなかった。皇帝としての足固めが不充分だったということもあるが、宮廷内を巡る政治情勢が複雑にして怪奇だったからだ。廉新を見限り、廉岳に助力した皇兄派であるが、廉新が兵を挙げると多くのものが中立の立場を取ったのだ。それゆえに廉岳の兵は少なく、廉新の一派でも撃滅に成功できたのである。

　そのときの借りがあるゆえ、皇帝の意に沿わぬからといって安易にその職を解き、放逐するという手段は取れなかった。そのような真似をすれば皇兄派は廉岳の遺児を担ぎ出し、内乱を起こすだろうと言われている。

「まったく、宮廷は厄介だな。政治の糸でがんじがらめになっている」

「そういうことだ。というわけで諸自世の屋敷を訪ねて話を聞くのは容易ではない」

「皇帝の威光を借りられないとなると、残る手段は潜入しかないか……」

　じいっと李飛を見つめる春麗。

「俺は駄目だ。廉新様の側近として顔が割れている。もしも潜入してばれたらそれこそ新たな火種を生む」

　次いで陽管を見つめるが、彼は李飛以上に不適格だった。

「となると私が潜入するしかないか」

「その黒い着物を脱いで端女の格好をすればばれないと思う。一度おまえとは顔を合わせているが、あの手の男は自分とは関係のない女の顔など覚えないものだ」

「その可能性に賭けようか。さて、また鈴々に端女の服を用意して貰わねば」

　妊婦騒動のとき以来の変装である。なかなかにわくわくしてくるが、口には出さない。李飛あたりに不謹慎と詰《なじ》られるからだ。春麗はふたりに別れを告げると、そのまま自分の屋敷に帰り、鈴々に潜入の話を伝える。彼女は「まあ」と口に手を当てた。

「また端女の格好をされるのですか」

「そうだな。前回と同じ洗濯婦の格好を用意してくれ」

「それは構いませんが、今度は陛下に敵対する陣営の巣窟に潜り込むんですよね。危険ではないですか？」

「諸自世は躊躇なく私を暗殺しようとした男だ。ばれれば車裂きにされるかもな」

「き、危険ですよ。考えをお改めください」

「私は不老不死の仙女だぞ。車裂きにされようが、磔獄門《はりつけごくもん》にされようが、死ぬことはない」

「でも、痛いのでございましょう？」

「死ぬほど痛いね。でも、一瞬のことだ。鈴々、死よりも辛いことはなんだか分かるか？」

「分かりません」

「退屈だよ。狭い部屋に閉じ込められ、書物さえ読めない状態が一番辛い」

「春麗様は統王朝でそのような扱いを受けられたのですか？」

「ああ、実験動物にされたあと、私を持て余した統王朝の連中は長く私を幽閉した。その間、数十年。私は狭く辛い牢獄の中で精神を摩耗させせられた」

「恐ろしい」

「気が狂《ふ》れるかと思ったよ。いや、実際に気が狂れたのかな。我ながらこんな性格になったのはそのときのせいだと思っている」

傍若無人、唯我独尊、春麗を形容する言葉は無数にあるが、奔放で闊達《かったつ》な性格はそのときに養われたのかもしれない。

「ただ、危険を顧みない冒険心は生まれつきのものかもしれない。今はその諸自世とやらの屋敷に潜入したくてうずうずしている」

「そんなに洗濯婦になるのがお好きなのですか」

「違う。謎が徐々に解明される様が好きなだけだ。諸自世の屋敷に謎を解く石板のかけらが埋まっていると思うとわくわくする」

鬼ごっこに明け暮れる童女のように顔を上気させる。その様を見た鈴々は「わたしの主の謎好きにも困ったものです」というような顔をした。もっとも主の性格を知悉《ちしつ》している鈴々はそれ以上の小言は言わないが。彼女は屋敷の奥に仕舞ってある端女用の服を持ってくる。

「前回も申し上げましたが、春麗様は生まれつき貴人の相を持っておられます。あまり目立たぬようにしてくださいね」

「心得よう」

そのように言うと端女の服に袖を通す。端女と言っても後宮で仕事をするものの衣服であるからそれなりの生地で作られている。みすぼらしい格好は後宮では御法度なのだ。

洗濯婦が着る服は地味で艶《あで》やかさは皆無であったが、なかなかに着心地はよかった。

これを着て仕事をするのだから当然と言えば当然なのだが。

「それでは潜入調査の成功を祈っております」

「うむ、祈っておいてくれ」

こうして屋敷を出ると、春麗はまず義理の息子である範会のところへ向かった。


春麗の義理の息子は御年七〇歳を超える官吏である。内侍省医道府宮廷医官長というのが彼の正式な役職名だが、長いのでいつも省略し、宮廷医長と呼んでいた。春麗は内侍省医道府に向かうと、彼が仕事をしている執務室に入る。そこにはうずたかく書類が積まれていた。春麗はそれらをちらりとめくるが、患者の情報などが事細かに書き込まれていた。西洋で言うカルテというものだった。

「まったく、宮廷医長なのにいまだにカルテを書いているのか」

そのような皮肉を述べると、範会は、

「わしは生涯現役の医者を目指しているんだ。宮廷医官長になっても医者を辞めたわけではない」

と反論した。

「年寄りの冷や水という言葉を知っているか?」

「老いてなお盛んなのは知っているよ」

そのように返すと宮廷医官長範会は言った。

「母さん、わしになにか用があるんだろう」

「用もなく息子の顔を見に来ちゃ悪いのか」

「母さんが用もなくわしのところに来るなんてあり得ない」

「私の性格を知悉しているな。正解だ。頼まれ事をしてほしい」

「頼まれ事?」

「民事省工部府長吏・諸自世の屋敷に潜り込みたい」

「わしは口入れ屋じゃないよ」

「しかし、おまえは諸自世の家に入り込めるだろう」

「今、ちょうど、諸自世の家の女官の治療をしているけど」

「そりゃあ、ちょうどいい。その娘を伝染病患者ということにして、新しい端女を紹介してほしい」

範会は春麗の姿をじっと見つめる。

「母さんがその格好をしているということは、新しい端女というのは母さんのことだね」

「さすが我が息子だ、察しがいいな」

「母さん、危険だよ。諸自世は母さんの正体を見破ったら黙っちゃいない」

「私は不老不死だ」

「でも、拷問されるかもしれない。まさに生き地獄だ」

「そんなことを恐れていたら真実には到達できない」

「……はあ、前回、諸自世に刺されたことをもう忘れたのかい」

「鈴々と同じ心配をしてくれるのだな。何度も言うが私は不老不死だ。三〇〇年も生きているのだぞ、潜入調査くらい朝飯前だ」

「……わしがなにを言っても聞かないんだろうね」

「そうだ。この件は皇帝の勅命だ。彼の母親の死が絡んでいるかもしれないんだ」

「陛下の御母上の……」

「おまえだって私が死ねば、その死の謎を究明したくなるだろう」

「そりゃあ、なるけど」

「だから今回も廉新のためだと思って私に協力しておくれ」

「……分かったよ。母さん、これは勅命だと思って協力する。紹介状を書けばいいんだね」

「そうだ。伝染病に罹った娘は内侍省医道府で引き取るから、その代わり生きのいい生娘を送ると書いておくれ」

「分かったよ。何度も言うけどくれぐれも注意しておくれよ」

範会は深く溜息をつくと、執務室の机の上にある硯《すずり》に手をやった。さらさらと筆で紹介状を書くが、なかなかに達筆である。

「相変わらずおまえの字は綺麗だな。生真面目な性格が露骨に反映されている」

「母さんは相変わらず字が汚いのかい？」

「知っているか？　天才ほど字が汚いという説があることを」

「天才を口実に精進を怠るのはどうかと思う」

「私の場合は自分で書いた文字を見るのは自分だけなんだ。だから自分が読めれば問題ない」

「母さんの研究は後世に伝えたい偉大なものもあるじゃないか」

「本当に必要なものならば勝手に広まるよ。それに私は自分の研究を世に広めるつもりはない」

「前もそんなことを言っていたね」

「ああ、私は三〇〇年も世を生きる不可解な生き物だからね。普通の人間では到達できない智慧と知識を蓄えている。そんな研究結果を発表すれば歴史が大きく変わってしまうかもしれない」

「たしかに母さんの技術は中津国の先端医術より何百年も進んでいる」

「私の技術で多くの命を救える反面、悪さをしようと思えばいくらでも悪さができる。たった一瓶で数千の人を殺す瓦斯《ガス》だって生成できるんだ」

「その知識が悪しきものの手に渡ったら大変だね」

「そうだ。だから私は何百年も後宮の奥で静かに暮らしてきた。今後もそれは変わらない」

「ふう、母さんも難儀だね」

「ああ、だから早くこの身体を治したい」

「母さん、わしより早く死なないでおくれよ……」

範会は大きく溜息をつく。その姿は実年齢より老けて見えた。

「逆だ。普通、子供が母親の死を見送るものなんだ」

「この世界は広い。逆の親子がいたっていいじゃないか」

そんな親子の会話をしたあと、春麗は範会から紹介状を受け取り、諸自世の屋敷に向かった。

諸自世の屋敷は都である洛央の一等地にあった。彼はこの国の門閥貴族に相応《ふさわ》しい場所に住んでいるようだった。

さっそく、春麗は諸自世宅の戸口を叩き、宮廷医官長の紹介でやってきたことを告げる。取り次いでくれたものは疑うことなく通してくれた。

「まあ、年季奉公に来ている小娘が不老不死だと疑う馬鹿者もこの世界にはいないだろう」

ただ疑いこそされなかったが、初日から細々とした用事を言いつけられる。白菜の塩漬けを作れと命じられたのだ。春麗は包丁を渡される。短刀で人の腹をさばいたことならばあるが、包丁を持つのは久方ぶりであった。しかし、それでも子供の時分を思い出し、白菜を切っていく。

「幼き頃、母上の手伝いをしていたものだ」

春麗の家は父が不在で、母が医者をして稼いでいたので、子供たちは貴重な労働力であった。冬の前には白菜の塩漬けを作って冬ごもりに備えたものだ。懐かしく思いながら白菜を切る。無論、その間も潜入した目的については忘れないが。春麗は蘭羊という女官がどこにいるか折に触れて尋ねた。指導係の端女は、

「蘭羊様は奥方様の身の回りの世話をされている。わたしたち端女が軽々しく声を掛けていいお方じゃないよ」

と言った。

「なるほど、蘭羊は奥方の世話をしているのか」

それならば白菜を切っているだけでは出逢えない。なにかきっかけがなければ接触できないと思った春麗は考えを巡らせるが、容易に策は浮かばなかった。

「まあ、端女のまねごとをしていればそのうち出逢えるだろう」

そのように楽観視して端女のまねごとに専念するが、要領のいい新人はどこでも嫌われるもの、春麗は虐めの標的とされてしまった。

「あら、ごめんなさい」

と刃物を使っている横から尻をつかれたり、

「ああ、転んでしまった」

と縫い物をしているところに倒れかかられたりした。

そのたびに指を怪我してしまう。

指から流れる赤い鮮血を舐《な》めながら春麗は闘志を燃やした。

「諸自世の屋敷の端女はその主と同じで性格が悪いようだ。新人いびりは恒例行事らしい」

春麗は切り裂かれた指を一瞬で治癒させるので痛《いた》くも痒《かゆ》くもないが。虐めを受けても平然としている春麗を見て端女たちは腹を立てたようだ。彼女たちとしては泣いて喚《わめ》いたり、顔面を蒼白にさせて落ち込んでほしかったようだが、期待通りの反応を示さない春麗はより過酷な虐めの対象となった。――その夜、端女の寝所で寝ていた春麗の布団に悪戯をしたものがいたのだ。

朝、春麗が起きると春麗の布団は真っ赤に染まっていた。

一瞬、経血かと思ったが違ったようだ。布団の上には首を掻き切られた鶏の死体があった。

「なるほどね。これはなかなかの嫌がらせだ」

春麗は怒色も焦りも見せなかった。首を切り裂かれた鶏をむんずと摑むと、そのまま御厨まで持って行って鶏の毛をむしって包丁で解体してしまう。そしてそのまま鶏鍋《とりなべ》にして美味しく食してしまう。

あまりの手際の良さに鶏の死体を置いた端女もあんぐりと口を開けている。

「私は自分の血も他人の血も見慣れている。動物実験も日常的にしているから、鶏の血くらいで可愛い悲鳴など到底上げられないよ」

皆の前でそのように言い放つと、翌日からぴたりと虐めは止まった。この娘を虐めても仕方ないと思うようになったのだろう。的確な状況判断だと勝手に賞賛しつつ、春麗は虐めに加わらなかった端女に話しかける。

「まったく、ここは伏魔殿のような館だな。主の性格が使用人にも伝播《でんぱ》している」

「……そうね。ここでは目立つことは禁忌よ。皆、鬱憤が溜まっているから目立てばすぐに虐めの対象にされるわ」

「ならば私と話さないほうがいいかな」

「今さら大丈夫よ。それにわたしももう虐めの対処法を知っているの」

「ならば同じ穴の狢《むじな》だな。ところで私は蘭羊という女官に近づきたいのだが」

「蘭羊様になにか用なの？」

「ああ、のっぴきならない用件がある」

「ならば取り次いであげることもできるけど、諸自世様の奥方様は烈女と呼ばれるくらいのお方よ。蘭羊様に近づいて奥様に目を付けられたらそれこそ虐めどころの話じゃないわ」

「ほう、それは大変そうだ。しかし、虎穴に入らずんば虎子を得ず、ここで端女の仕事をただしているわけにはいかない」

「……分かった。でも、紹介してあげるだけだからね」

端女はそのように言うと、翌日、取り次いでくれた。

「屋敷の外にある楡《にれ》の木の下で待っていて。蘭羊様はそこにやってきてくださるわ」

「有り難い」

端女に礼を言い、そのまま楡の木の下で待っていると、蘭羊がやってきた。

薄紅色の女官服を着た女盛りの年頃の女性だった。

「……あなたが春麗ですか？」

「ああ、そうだ」

「私に会いたいそうですが、もしや藍香様の件でしょうか？」

「察しがいいな」

「はい。藍香様にお仕えしていた女官が次々と怪死しているという噂は私の耳にも届いています」

「私が犯人で自分が暗殺されるとは思わなかったのか」

「端女から聞いています。あなたは意地悪な端女たちの虐めを華麗に撃退したそうですね。なんでも鶏の死体を鍋にして食べてしまったとか。そのような面白い娘が暗殺なんて卑劣な真似をするとは思えません」

「いい判断だ。それで、ここに来てくれたということは、私に情報をくれると解釈してもいいかね」

「ええ、もちろんよ。あなたは諸自世様の屋敷に忍び込んで私に接近し、情報を得ようとしているのでしょう？　それはとても危険なことよ。それを平然とやってのけるということは皇帝陛下の密命を帯びているのでしょう？」

「そうだ。廉新に頼まれている」

「ならば私の知っていることをすべて話すわ」

「それは有り難い」

「といってもたいした情報を持っているわけじゃないのだけど」

「どんな些細なことでもいい」

「それでは話しましょう。三ヶ月前に殺された崔和という端女なのだけど、藍香様の日記を探していたようなの」

「廉新の母親の日記か」

「ええ、そうよ。もしも私が所有しているのなら高値で買い取ると持ちかけてきたの」

「高値で買い取るか。たしか崔和は金回りがよくなったと聞いていたが」

「そうね。着ている衣服もかんざしも上等なものだったわ」

「それで日記は渡したのか？」

「いいえ、そもそも私は日記を所有していないもの」

「そうなのか」

「ええ、彼女は私が持っていると勘違いしていたようだけど、私は日記なんか持っていない」

「そしてその後、すぐに崔和は殺されたというわけか」

「そうなるわね」

「今回の件は呪殺ではなさそうだ。一〇年前の廉新の母の毒殺事件に関連しているかもしれない」

「そうね。その後亡くなったふたりも私に日記帳のありかを尋ねてきた。すべての鍵は日記帳が握っているのかもしれない」

「その日記帳を探しつつ、元女官たちを殺したものを探さなければいけない。悪いが協力してくれるか」

「もちろん、ただ、私は諸自世様の奥様に仕えるものよ。あまり時間を取れないの。残りの情報は後日でもいい？」

「ああ、構わない。それでは後日、都合のいい時間にまたここで会おう」

そうして別れたその三日後。端女を通じて再び蘭羊と楡の木で待ち合わせをすることになった。

春麗は蘭羊から情報を引き出そうと質問を考えていたのだが、それを彼女にぶつけることはできなかった。楡の木に行くと、そこには楡の枝に紐《ひも》をくくりつけ、首をくっている女官の姿があったのだ。

「……くそったれめ」

蘭羊を殺した犯人を、憎悪に顔を歪めて罵る。

これで四人目であった。

四人も殺されたのである。春麗は憤りを隠せなかったが、粛々と動いた。民事省廷尉《ていい》府《ふ》の役人を呼んだ。そして息子である宮廷医官長も。

四人目の被害者の遺体を調査し、これが殺人事件であると立証するのだ。

「元女官を殺している犯人は狡猾な男だが、大きな失点を犯した。それは私の目の前で殺人を犯したということだ。必ず証拠を見つけて捕縛してくれる」

そのように宣言すると、死体を回収した廷尉府の役人に付いていく。蘭羊の遺体はそのまま宮廷医官長のもとへ運ばれる。そこで検視と解剖を受けるのだが、宮廷医官長・範会は最初、蘭羊は自殺であると言った。自ら首をくくって死んだと判断したのだ。

春麗はそれはあり得ない、と反論する。しかし、死体は雄弁にものを語る。誰かによって絞め殺された死体と、自ら死を選んだ死体は簡単に見分けが付くのだという。

「母さん、この死体を見てくれ。この紐のあとは自殺の証拠だ」

「甘いな、こういうあとは偽装することもできる」

春麗はそのように断言すると紐を取り出し、範会の首に巻き付ける。そして彼を背負うようにして紐を引っ張ると、範会の首は強烈に絞められた。

「むぐぐ、苦しい」

このまま首を絞め続ければ範会は死ぬので途中でやめるが、縊死死体の首に付いた紐のあとなどというものは容易に偽装できるのだ。それよりも着目したいのは蘭羊の爪であった。もしも後方から襲われたのならば抵抗し、犯人を引っ掻いている可能性があった。防御反応というやつだが、蘭羊の爪にはそれが――あった。血が付着している。

「死の直前、犯人を引っ掻いたんだろうな」

「さすが母さんだ。そんなところまで見逃さないなんて」

「それと胃を開いてみたら残留物があった。未消化のものが多かったから、食事してさほど時間が経たず死亡したようだ。自殺しようという人間は飯を食べない」

「たしかに言うとおりだ。すごいね、母さんは」

「おまえが間抜けすぎるだけだ。まったく、先に死んだ三人の女官の遺体にも必ず自死を偽装したあとがあったはずなのに」

「わしは医者だよ。検視官じゃない。それにそもそもその三人は最初から自死として処理されてここには運ばれてこなかった」

「後宮府の役人たちの怠慢だな」

「しかし、これでこの三ヶ月の間に死んだ元女官たちも他殺であった可能性が出てきたわけだね」

「そうだ。死んだ藍香の呪いという説はなくなった。なにものかが悪意を持って次々に女官を殺しているのだ」

「厄介な話だ。皇母様は当時、一貴妃に過ぎなかった。しかしそれでも藍香様に仕えたものは両手の指じゃ足りないだろう」

「その全員が今後殺される可能性があるってことか」

「そうなるね。後宮府の衛士に護衛をさせようか」

「そうだな。これ以上の人死には避けたい。こうなれば関係者全員を守るしかない」

「しかし、問題なのは当時、藍香様に仕えていた女官の目録がないということだ。自主的に名乗り出て貰うしかない」

「まったく、役人は役立たずだな」

「一〇年以上前の一貴妃の記録なんて残していたら宮廷の書庫が足の踏み場もなくなるよ」

「そうだな。それでは廉新の名において布告して貰うか。自身で名乗り出て貰ってそれで護衛を付けよう」

「ちなみにこの娘は他殺であったけど、他の三人の娘も皆そうなのだろうか」

「おそらくはね、しかもそれらのすべてに日記帳が関わっている」

「日記帳ね」

「廉新の母親の秘密が書かれているのだろう。それをほじくり返されたら困るやつが犯人なのだろう」

「一〇年前に死んだ貴妃様の秘密ね。想像もつかない」

「ああ、私も内容は推察さえできないよ。しかし、一刻も早くその日記帳を探さねば殺人の連鎖は止まらないだろう」

「分かった。わしも方々手を尽くしてその日記の所在を追うよ。なにか手がかりがあったら朱雀宮に知らせる」

「有り難い。それでは私は引き続き調査をする。今回の事件の一番の被疑者と話をしてくるよ」

「一番の被疑者？」

「この国の皇帝陛下」

そのように戯《おど》けて春麗が言うと、範会は仰天した。

†

皇帝には寝所が四つある。東西南北にある宮殿のどれかで眠ることになっているのだ。北は玄武、南は朱雀、東は青龍、西は白虎、それぞれの宮殿に寝所を持っている。皇帝はそれらの宮殿に住まう美姫たちを呼び寄せ、夜を過ごすのが慣習になっているようだが、帝位に就いてから三年、廉新がその特権を行使したことは一度もないようだ。美姫たちと夜を共にしないのである。皇帝は女人を好まぬのか、と後宮府の役人が気を利かせて美少年を召し出したこともあるが、皇帝は丁重に彼らをも追い返したとのことだった。

このままでは皇統が途絶えてしまう、と臣下をやきもきさせていたが、廉新はそのような風評を気にする様子もなく、今日も青龍宮の寝所で書簡を読んでいた。蝗《いなご》の被害に遭った南沙《なんさ》という都市の復興に関わる予算を精査していたのである。

中津国の皇帝廉新は寝所にも仕事を持ち込み、この国の未来をよくしようと励んでいた。そんな中、一番美しい朱雀宮の貴妃が訪問してきたと聞いて眉をひそめた。

「ここは青龍宮の寝所なのだが。朱雀宮の弔妃様は引っ越しでもされたのかな」

軽く皮肉を漏らすが、春麗は首を横に振った。

「弔妃は夜伽をせぬと聞いていたが、宗旨替えしたのか」

それに対しても首を横に振る。

「そもそも、おまえはどのような美姫にも手を付けぬそうではないか。私を抱く気など微塵《みじん》もないくせに」

「そうであった」

「ちなみにどうして女を抱かないのだ？」

「兄上の子を養子にするためだ。そのときに私に子がいたらなにかと揉め事が起きよう」

「なぜ、兄の子を養子にする」

「本来、私は皇帝になるはずではなかった。兄上が即位するはずだったのだ。皇統は兄上の子が継ぐべきだろう」

「自分の子を作って皇位争いが起きるのはいやか」

「そうだな」

「おまえの母親は皇位争いによって死んだのだものな」

「……そうだ」

「この国をよくはしたいが、責任を持つのは自分の世代だけか」

「後世の歴史家の評価は気にしていない」

「まあいい。この国を継げるのは太祖廉羽の血を引くものだけ。おまえの兄の子も立派な継承者だ」

「ああ、いい子だよ。兄上に似てとても優しい子だ」

「一七代目は内戦を起こすことなく継げればいいな。さて、私がここにやってきたのは一六代目が皇位を継承したときの経緯を聞きに来た」

「すべて話してあるが。父上、幽玄帝《ゆうげんてい》がある日、兄上を廃立し、私を後継者にした」

「一五代皇帝廉正《れんせい》はなぜ、おまえを指名したのだろうか」

「文武に優れているからだそうな。――もっとも、兄上は私以上に優れていたが」

「矛盾しているな」

「ああ、父上は矛盾の人であった。政治には一切関わろうとはせず、後宮に入り浸り、詩作や狩りに明け暮れていた。とても迷信深い人で、廉王朝は一六代で倒れると信じていたようだ」

「おまえの代で廉王朝は終わると予言していたのか」

「そうだ。だから晩年、急に私を皇太子に指名し、そのまま亡くなった」

「ふむ」

「父上は政事に無関心に生きてきた。皇位を継いでからは、後宮で遊《あそ》び耽《ふけ》る人生だった。この国の未来を憂えることは一度もなかったという」

「そうだな。何度か会ったことがあるが、政治にとんと無関心だった。私にもな。いや、一度だけ不老不死について語り合ったことがある」

「なんと言っていたのだ？」

「難儀だな、と憐《あわ》れんでくれた。三〇〇年生きるということは三〇〇年牢獄に繋がれるのと変わらないと言っていた」

「父上は皇帝という人生を儚《はかな》んでいた。自分の決断ひとつで多くの人の生き死にが決まるこの立場を疎んでいたのだ」

「それで皇位を有力貴族の後ろ盾のないおまえに譲ったのか」

「ああ、私に渡すのが一番面白いと思ったのだろう。兄上たちを差し置いて私が皇帝となった」

「たしかに面白い結果になっている。一六代目の皇帝は子作りをせず、その皇統が途絶えようとしている」

「兄上の子がいる」

「知っているか？　廉王朝は歴史上でも珍しい嫡子相続王朝だ。皆、自分の子に相続させてきた。兄や弟の子が後を継いだ例は数例しかない」

「そうだとしたら廉王朝は私の代で滅ぶのかな」

「兄の子が死ねばそうなるかもな」

「父上が信じた予言が成就するということか。──まあ、それも仕方ない」

廉新の瞳には諦観の憂いが込められていた。

「──私の母上は私が一三歳のときに死んだ。私の代わりに毒を飲んで死んだのだ。そのときに誓った。私が皇帝となってこの国を改革すると」

「今のところすべて上手くいっているではないか」

「そうだな。あとは兄上の子が健やかに成長してくれることを願うだけだ。──それで用件はそれだけか？　私の後継者を聞きに来ただけではあるまい」

「そうだ。本題に入りたい。おまえの母の元女官たちが怪死している件だ。結論から言えば他殺だ。呪いでも自死でもない」

「なるほど」

「驚かないのだな」

「母上が人を呪うわけなどないからな」

「そうだな。おまえの母親は呪いなどから一番遠い存在だ。しかし、今回の連続殺人にはおまえの母親が関わっている。――正確に言えばおまえの母親が遺した日記が関わっている」

「母上の日記か……」

「そうだ。読んだことはあるか？」

「ない。読めば私の子ではなくなる、と脅されていた」

「言うことを聞かなければ橋の下に置いてくるよ、と同じ文句だな」

「そうだな。母上は誰よりも優しかったが、こと日記に関しては厳しかった」

「実の息子にも読ませないということは、それ相応の秘密が書かれていたと見るべきであろう」

「だろうな。一〇年後、関わった女官たちが死ぬような秘密だ」

「とても気になる謎だ」

「私も気になる」

「一緒に紐解ければいいが。それでその日記を持っている女官に心当たりはあるか？」

「ない。母上の日記の存在は私しか知らなかったはずだ」

「しかし、身の回りの世話をしていたら日記を付けてることくらい気がつくだろう」

「そうだな。そうなれば全員が所有していてもおかしくない」

「ともかく、犯人は日記を血眼になって探している」

「犯人はその日記をどうするつもりなのだろうか。その日記になにが書かれているのだろうか」

「分からない。おまえの母の死の真相が書かれているのかもしれない」

「今さら誰が犯人でも驚きはしないが」

廉新の母は前皇后に後宮を追放され、その次の皇后の取りなしで呼び戻された。暗殺をしたのは前皇后の一派とされているが、その次の皇后が真犯人だとしても驚きはしない。後宮は伏魔殿だからだ。

「ただ、母上の隠していた秘密とやらは知りたい。春麗、どうか、その日記を入手してくれないか？」

「分かっている。ここまで調べたのだ。今さら撤退などはしない」

春麗は決意を新たにすると、青龍宮の寝所をあとにした。

†

後宮の弔妃春麗は歴代皇帝の寵愛を受けていた——わけではなかった。

歴代皇帝の内六人はその美貌の虜にさせていたが、数人には煙たがられていた。

永遠の命を持つ不気味な貴妃として遠ざけられていたのだ。

あるいはその存在を無視されていたこともある。それが廉新の父親である一五代皇帝幽玄帝であった。

彼はおよそ気力というものがない皇帝で、政治にも戦争にも関心はなかった。

後宮に引き籠もり女色を楽しむか、離宮に留《とど》まり下手な詩作に明け暮れていた。

およそ凡庸な君主であったが、彼は二〇〇年以上にわたる廉王朝の澱《おり》のような存在であった。長年の間に蓄積された廉王朝の負の要素を一身に引き受けてしまったのかもしれない。

一五代皇帝廉正は幼き頃に母を毒殺されたのだ。以後、自身も毒殺の恐怖に怯《おび》えながら少年期を過ごした。彼が毒殺も刺殺も免れたのは幸運に幸運が重なったからに過ぎなかった。事実、彼が青年になるまでには一五人いた男子の兄弟のうち一〇人が亡くなり、三人が不具となっていた。健康に成長した男子は彼を含めふたりしかいなかったのだ。

そしてそのひとりも最後は自分に襲いかかってきた。兵を挙げて廉正を抹殺しようとしたのだ。どこかで聞いた話であるが、さもありなん。一六代皇帝廉新もほぼ同様の経緯で皇位を継いだのだ。親子二代にわたって同じような宿命を背負うとは誠に業深きことであったが、廉正はその宿痾《しゆくあ》を断ち切りたいと思っていた。ゆえに何の後ろ盾もない皇子を立太子させ、後継者に指名したのであろう。後世の人間はそのように推察するしかなかった。

「しかし、国母藍香様の日記帳は誰が持っているのでしょうか」

そのように尋ねてきたのは侍女の鈴々であった。彼女は茉莉花茶を注ぎながら疑問を呈してきた。

春麗は「分からない」とつれなく言う。

「天才的頭脳をお持ちの春麗様でもお分かりにならないことはあるんですね」

「私は藍香とは接点を持っていないからな。僅かな情報からは予断や憶測さえ生まれない」

「それでは藍香様のことを事細かに調べましょうか」

「そうだな。ただ、一番情報を持っているはずの息子ですら日記帳のありかを知らないのだから大変だな」

「あるいはもうこの世にないのかもしれませんね」

「その可能性は大いにあるな。藍香は息子に日記帳を見ないよう再三注意していたようだから」

「ならば弔妃様のなさろうとしていることは徒労なのでしょうか」

「分からない。あるいは運良く日記帳を見つけられるかもしれないが」

そのようにつぶやくと鈴々から朝粥のおかわりを貰う。

「今日の弔妃様は健啖《けんたん》ですね」

「謎を解いていると脳がカロリーを消費するのだ」

「それはよろしいことで」

「それにこのあと市井を見て回ろうと思う」

「市井ですか？」

「そうだ。廉新は三歳から一〇歳までの間を洛央の下町で過ごしたという。そのときの知己から話を聞いてこようと思う」

「それは素晴らしいですね。わたしも同行してよろしいでしょうか？」

「身軽に行きたいのだが」

「前も申し上げましたが春麗様には貴人の相がございます。おひとりで洛央を歩かれたら人さらいに遭うかもしれません」

「子供ではないのだから」

「子供じゃないから心配なんですよ」

そのようなやりとりをしているといつの間にか太監の李飛がやってきていて朝粥をがっついている。

「……おまえは主の許可なく屋敷に侵入した上、食堂で勝手に飯を食らうのだな」

「おまえの護衛をせねばならないからな」

「なんだ、おまえまで付いてくる気か」

「ああ、日記帳のありかを廉新様が気にされている。珍しくお気持ちを揺さぶられているようだ」

「一の家臣としては主が望むものを手に入れたいか」

「そうなる。ゆえに俺もおまえに同行するというわけだ」

「ふん、それを食ったらすぐに行くぞ」

「待ってくれる慈悲はあるのだな」

「まあな、おまえがいれば荒事が起きてもどうにかなるだろう」

「おう、俺は強いぞ」

李飛が力こぶを作ると鈴々はうっとりとする。

「はあ、素敵」

と、つぶやく。この男のどこがいいのだろうか、春麗にはさっぱり分からない。粗野で野卑で小うるさい宦官にしか見えないのだが。そのように漏らすと鈴々は軽く眉をつり上げる。

「李飛様はとても格好いいですよ。春麗様は線の細い皇帝陛下がお好きなのでしょうが」

「ここでなぜあの男が出てくる」

「春麗様が意地悪だからです」

いーだ、と軽く舌を出すと、鈴々は出かける支度を始めた。

春麗が着ているのは弔妃専用の喪服のような衣服で、市中に出るのに向かないのだ。普通の貴妃が着るような明るい色の服を用意する。

薄紅色の服はこの時期の陽光と相性が抜群で、映えて見えた。これならば宮廷の貴妃がお忍びで下町に出たという設定で歩き回ってもさして問題はないだろう。

そのような感想を漏らし、春麗は服に袖を通した。その間、李飛は相変わらず朝粥をかき込んでいる。途中、「女はどうしてそんなに用意に時間が掛かるんだ」という不平を漏らしていた。

「太監は髭も剃《そ》らなくていいから一瞬で用意が終わるな」

李飛の不平を聞《き》き咎《とが》めた春麗は、そんな皮肉を言う。李飛は「ふん」と鼻を鳴らした。

およそ半刻《はんとき》ほど掛けて外出の準備を整えると、三人は朱雀宮に呼び寄せていた馬車に乗り込む。

「洛央の下町に貴人が来訪か、下町の民はさぞ驚くことだろう」

「なあに、すぐになれるさ」

馬車はゆっくりと洛央の下町を目指して出発した。

中津国の首都洛央には一〇〇万の民が住んでいた。

中津国中から、いや、世界中から人々が集まり、活況を呈していた。宮廷へと続く道には華やかな衣装を着た芸人たちが芸を披露している。また屋台がたくさん出ており、世界中の名物料理や菓子を腹に収めることもできる。都洛央の賑《にぎ》わいは比類なきもので、世界一の都市であると喧伝《けんでん》してもいいかもしれない。

そのように主張したのは、その世界一の都市の主の側近であった。

李飛はまるで自分が育てた都市であるかのような口調で洛央を案内してくれた。あまりに誇らしげなので、春麗が揶揄うと、

「洛央は俺の生まれた場所であり、育った場所であるからな。廉新様と出逢ったのもここだ」

と李飛は声高らかに言った。

「李飛様は洛央育ちなのですね。都会人です」

鈴々は顔を赤らめて言った。

「そうだ。俺は洛央育ちだ。だからこの都市に誇りを持っているんだ」

「なるほどね。私は岱山《たいざん》というところで生まれた。洛央とは比べものにならないほど小さな街だ」

「おまえにも故郷があるのだな」

「私とて木の股から生まれてきたわけではない。生まれ故郷はある」

「故郷に帰りたいと思ったことはありますか？」

鈴々が控えめに尋ねてくる。

「あるよ。私の母は統王朝の暴君に洛央に呼び出された。来たくもない都会に呼びつけられ、辛い実験を強いられたのだ。もしも過去に戻れるとしたら岱山の街で静かに人生を送りたい」

しかし、と春麗は続ける。

「落ちてしまった砂時計の砂は元に戻ることはない。私はもう洛央の人間になってしまった。この街には世界中から人が集まる。最新の技術が集まる場所になっているのだ。ここにいたほうが不老不死の法の秘密に迫れるというもの」

「いつか普通の人間に戻れるといいですね」

「………」

鈴々は言葉にして、李飛は沈黙によってそれを願った。

洛央の中心部を抜けた馬車は、やがて小さな家々が軒を連ねる下町に着いた。

後宮からやってきた豪華《ごうか》絢爛《けんらん》な馬車は人々の耳目を引いたが、住民たちは馬車の中から美しい姫が出てくるとなお驚いた。

「このような下町に、後宮の貴妃様じゃろうか」

「いやあ、さすが貴妃様、べっぴんすぎる」

「あのような綺麗な人、下町にはいないわ」

そのような声があちこちから聞こえてくる。だが、春麗は容姿自慢をしにここにやってきたのではない。廉新とその母のことを知っている人々から情報を得るためにやってきたのだ。さっそく、住人に声を掛ける。

「この辺に住んでいるもので現皇帝廉新とよしみを通じていたものはいないか」

そのように語りかけるが、誰ひとり首を縦に振るものはいなかった。

十数年前に住んでいた少年のことなど誰も覚えていない――わけではないようだ。どうやらこの下町では廉新のことは禁忌とされているようだった。かつて下町を駆け回っていた小僧が今や龍袍を纏った天子となった。廉新自身は下町育ちであることを隠してはいないが、天子たるものが下町で育ったことをよしと思っていないと思い込んでいるものが多々いるようだった。触らぬ神に祟りなし、死人に口なし、下町の人々が無口になるのには理由があった。

「困ったぞ、これでは誰も話してくれない」

「貴妃の格好をしてきたのが不味《まず》かったのでしょうか」

「関係ないさ。おそらくこの辺では廉新親子のことは禁忌になっている。誰が尋ねても同じことだ」

「それではどうする？」

「こういうときのための金子だろう。この辺に看板を立てかけておけ。廉新親子の情報を持っているものは名乗り出よ。どんな情報でも金子を出して買おう、と」

「それで情報を売るものがいるだろうか？　この様子だと下町の人々の絆《きずな》は固いぞ」

「逆だよ。そこを狙う」

「逆？」

「ともかく、私の言うとおりに看板を立てろ。そしてその立て看板を見張っておけ」

「分かった」

李飛は素直に命令を実行する。汚い字で立て看板を設置すると、建物の陰から人々の反応を窺った。住民たちは立て看板を見つめたり、目をそらしたり、様々な反応を示したが、ひとり、まったく違った行動をするものがいた。

そのものは立て看板を凝視すると看板を抜こうとしたのだ。

李飛は慌ててそれを制止する。

「こら、小僧、大事な看板になにをする！」

「うるさい！　祖母《ばあ》ちゃんが抜けって言ったんだよ！」

「おまえの祖母がそのようなことを言ったのか」

口喧嘩《くちげんか》を繰り広げる李飛と少年、精神年齢が近しいのだろうな、と見物しながら春麗は毒づいた。

「皇帝の情報を秘匿しようとしているということは、おまえの祖母はなにかしらの情報を持っているということだな」

「…………」

ふん、しゃべるもんか、と少年は口を閉ざす。

「おまえの祖母がなにを恐れているのか、それは分からないが、我々は廉新の側だ。廉新の亡き母親の味方でもある。我々はそのふたりのために動いている。どうか、我々に力を貸してくれないか？」

春麗は古式ゆかしい礼法で頭を下げた。

「……貴妃様でも頭を下げるのか」

少年は物珍しげに見つめる。

「他の宮にいる貴妃たちは気位が高いだろうが、私は〝友人〟のためならば頭を下げられる」

「おまえは天子様の味方なのか？」

「ああ、最大の支援者だと思ってくれて構わない」

「……祖母ちゃんのところに案内しても、祖母ちゃんに酷いことはしないか？」

「そんなことはしない。廉新の旧知の人物として我が祖母のように敬おう」

「………」

じいっと春麗を見つめる少年、春麗の気持ちは――伝わったようだ。彼はこくりと頷くと春麗の手を取った。

「貴妃のねえちゃん、祖母ちゃんのところに案内するよ」

「それは有り難い」

「しかし、それにしても綺麗なねえちゃんだね。将来、おいらの嫁さんにしてやってもいいよ」

「皇帝ですら私を嫁にすることは不可能だが、まあ、私は美少年が好きなので考えてやらなくもない――。あと数年、美貌を磨いて私好みになりたまえ」

直球でぶつけられた少年の好意を軽くいなし、春麗は李飛と鈴々を連れて少年の祖母の家へ向かう。

少年の祖母は下町でもより貧しさの目立つ地区に住んでいた。うらぶれているとまではいかないが、陰気な空気が漂う一角に連れて行かれる。

「廉新様はこのようなみすぼらしい場所に住んでおられたのか」

痛ましい――、と李飛は続ける。

「本当に下町に住まわれていたのですね」

感慨深い――、と鈴々は言う。

「この辺は下町でもあまり治安がよくない場所ですね」

鈴々は周囲を見回し、顔を強張《こわば》らせた。

「もしかしたら春麗様は場違いかもしれません」

そのように言った途端、案の定、物陰から男たちが現れた。

「おいおい、こんなところに後宮の貴妃様がおられるぞ」

皆、およそ知性とは無縁の悪漢であった。ぼろきれと形容するしかないような粗末な着物を着ており、手には鉈を持っている。

「物盗《ものと》りか」

盗賊と言い換えてもいいだろう。他人のものを奪って生活しているろくでなしどもだ。

彼らはこの辺を根城にしているらしい。

春麗の手を引く少年は「あちゃあ~」と言った。

「ごめんねえちゃん、変なのに出くわしちゃった」

春麗はしょげ返る少年の頭を軽く撫でる。

「もとよりこれくらいの覚悟はできている」

「そうだ。そのための俺だ」

李飛は胸を張りながら一歩前に出ると刀を抜いた。

「下町の悪漢風情を制圧できないで廉新様の太監が務まるはずはない！」

そのように叫ぶと、李飛は悪漢たちと剣戟《けんげき》を交わし始めた。

鉄と鉄が火花を散らし、大立ち回りが始まる。悪漢の数は三人、この程度の人数ならば李飛の敵ではなかった。ただ、ひとつだけ問題があるとすれば春麗たちのいる後方から敵の増援が来たことであった。彼らは非戦闘要員の鈴々と春麗の喉元に短刀を突きつける。

「おい、そこの太監！　観念して武器を捨てろ！」

悪党は臆面もなく言い放つ。李飛は「なんと卑怯な」とつぶやいた。

「婦女子を人質に取るとは貴様らそれでも男か」

「たまなしの宦官様にそのような台詞を言われるとはな」

「俺は太監だが、少なくともおまえたちよりは男らしい」

「はっ、なんとでも言え。俺たちは生活が掛かっているんだ。婦女子くらい人質に取る」

いいか、動くんじゃないぞ、そのようにすごむ悪漢たちであるが、彼らは李飛が太監であることは察しても、春麗が弔妃であることには気づかなかった。それが彼らの敗因となる。

春麗という人物はおよそ人質として価値がないのだ。

少なくともその〝命〟の価値は羽毛よりも軽かった。

春麗は悪漢が押しつけている刃物を自分の皮膚に食い込ませ、鮮血を飛び散らせた。

「な、なんだと⁉」

春麗の白磁のような肌がぱっくりと割れ、そこから大量の血が噴き出す。悪漢どもは悪党ぶっているが血になれていなかったようだ。そこに隙が生じる。李飛はそれを見逃さず、悪漢どもを次々と斬り伏せていく。——峰打ちではあるが。

李飛は計五人の悪漢を倒すことに成功した。

「なかなかやるではないか、宦官殿は」

「俺は陛下の警護をしているんだ。これくらいやれずにどうするというのだ」

「偉そうにふんぞり返るくらいには誇っていい腕前だ。さて、少年、祖母のもとに案内してくれるか」

「う、うん」と頷く少年。

「すごいね、お兄さん、とても格好よかったよ。とゆうか、お姉ちゃんは大丈夫なの？」

「なあにこれくらいの傷、かすり傷さ」

そのように言っている間に傷口が泡立ち、塞がっていく。

李飛も鈴々も見慣れていないのでまじまじと見つめてくる。

「後宮の弔妃様は不老不死と聞いていたが、改めて見ると不気味だな」

「だろう。自分でもそう思うよ」

そのようなやりとりをしながら下町の奥深くへ入っていった。

するととてもみすぼらしい建物が見えてくる。

あばらやと言い表すのがもっとも適切だと思われる家が二軒見えてきた。

「右のほうがおいらの家だよ」

「左のほうは？」

「皇帝陛下が住んでいた家」

「なんとまあ、廉新様はこのようなあばらやに住んでおられたのか」

おいたわしいことだ、と肩を落とす李飛。

「たしかに一国の皇帝が住んでいたとは思えませんね」

「皇帝陛下はここに母上様と一緒に住んでいたんだ。当時は皇帝になるなんて誰も思ってなかったみたい」

「だろうな」

「藍香さんはここで針子の仕事をしたりしてお金を稼いでいたんだって」

「会ったことはあるのか？」

「おいらが生まれる前の話だよ。覚えてないよ」

「たしかにな。さて、それではおまえの祖母に会わせて貰おうか」

「うん」

少年は家まで勢いよく走っていき、戸口を開けると、「祖母ちゃん、お客さんを連れてきたよ」と言った。そして、春麗たち一行が信用できる旨を説明し、祖母に取り次いでくれた。

「このようなあばらやに貴妃様がお越しになるなんて」

老女は恥ずかしげに言った。

「気にするな。それで廉新の母親について尋ねたいのだが、いいだろうか？」

「……いつかお話しする日がくると思っておりましたが、冥土に旅立つ前でよかったです。あなた方は藍香様の味方だという。なんなりとお話ししましょう」

「有り難い。今、後宮では国母藍香に仕えた女官たちが次々に不審な死を遂げている。その負の連鎖を断ち切りたい」

「宮廷ではそのようなことが起こっているのですか……」

「そうだ。四人の女官が死んだ」

「おいたわしい。もしも藍香様がそのことを知ったら悲しまれるでしょう」

「この事件に心当たりがあるか？」

「あります。――日記帳が関係しているのでしょう」

　春麗は目を見張る。

「そうだ。よく分かったな」

「はい。藍香様はこの下町でも日記を付けておられましたから」

「内容は知っているのか？」

「いいえ、知りません。藍香様は誰にもその日記帳をお見せになりませんでしたから」

「まあ、普通、日記は人に見せるものじゃないしな」

　李飛が口を挟む。

「それにわたしは文字が読めません。日記を見たところで理解できないでしょう。ただ、その日記がこの国の命運に関わることだと藍香様は言っておられました」

「それはずいぶんと大きいことを言うな」

「このことが世に知られれば天地がひっくり返るとおっしゃっていました。だからどのようなことがあってもこの日記は廉新様以外には見せられないとおっしゃっていました」

「そんな大事、どうして日記に書くんだ。文字として残さず、口伝で伝えればいいものを」

「藍香様は自分がいつ誰に殺されるか分からないと承知していました。廉新様が成人するまで生きられないだろうと確信しておられました。だから日記に記して廉新様が大人になったら読ませようとしていたのでしょう」

「藍香のことを熟知しているのだな」

「藍香様は地母神のようなお方です。この下町に舞い降りた天女のような方。あの方のお人柄に近所のものは救われました。それにわたしは藍香様にご恩があるのです」

「恩？」

「わたしが流行病に罹ったとき、藍香様は私を懸命に看病してくださいました。それだけでなく治療費まで恵んでくださったのです」

「まさしく女神のような性格をしているのだな」

「はい。そのときわたしは天に誓いました。〝この日記〟を肌身離さず持ち続け、いつか廉新様がこれを必要とされたとき、お渡しすると」

「この日記を肌身離さず⁉」

その言葉に驚いたのは李飛であった。春麗はその言葉を聞いても顔色を変えない。

「やはり日記はあなたが持っていたか」

「はい。いつか廉新様のお使いが取りに来られると信じていました」

「私に託してくれるということでよいのだな」

「はい。どうかお読みください」

「……分かった」

　春麗は老女から日記帳を受け取ると丁寧に目を通していった。そこには宮廷を追放され、下町の貧民街で暮らす力強い女性の日常が綴《つづ》られていた。

「藍香という人物は穏やかだが芯がとても強いのだな。この日記からはそれが伝わる」

「それでなにか重要なことは書かれていないのか？」

　李飛は急《せ》き立《た》てるが、特別なことはなにも――、と言いかけた春麗の指の動きが止まる。

「なにか書かれていたのだな」

　李飛が鼻息荒く尋ねてくるが、春麗は「ああ、とんでもないことが書かれていたよ」と言った。

「それでなにが書かれていたのだ？」

　李飛が詰め寄ってきたので、春麗はしばし逡巡《しゅんじゅん》する。この男に秘密を共有していいか迷ったのだ。この男は廉新の第一の忠臣であり、廉新のためならば命を捧げる覚悟ができている男であるが、それでもこの日記に書かれていることを受け止めきれるか分からなかったのだ。春麗は考えに考えあぐねた末、日記帳を〝破った〟。

「な、なにをするんだ!!」

李飛は怒気を発するが、春麗はそれを黙殺すると破り捨てた紙を火鉢に投げ捨てた。めらめらと燃え上がる日記帳、李飛は慌てて拾い上げようとするが、火の勢いがそれを許さなかった。

「後宮の弔妃春麗、貴様、なにをしたか分かっているのか!?」

「藍香の日記を焼き捨てた」

「この日記帳は廉新様の御母上が遺されたものだぞ！」

「ああ、廉新に見つけるように頼まれた。しかし、燃やしてはいけないとは言われていない」

「それほどの秘密が書かれていたということか」

「なあに〝たいした〟秘密ではなかったよ。よくあることしか書かれていない」

「それじゃあ、なぜ、燃やした」

「この日記を巡って四人の女官が殺されたんだ。ここで燃やしておけば五人目の被害者は出まい」

「それはそうだが、廉新様は御母上を恋しがっておられた。日記帳くらい読ませて差し上げたかった」

「さすがは忠臣だな。しかし、この日記は息子に対する愛情で包まれていた。それだけは私が保証する。そしてそのことを廉新に伝えることを約束する」

「……まったく、なんて女だ。烈女だな」

「褒め言葉として捉えようか。さて、これで五人目以降の犠牲者を防げるかもしれないが、すでに死んでしまった四人の女官たちの魂を慰撫したい」

「それは犯人を捕まえるということでいいのか」

「ああ、この日記帳にはご丁寧に犯人の名前も書かれていたよ」

「なんだと⁉」

「この日記に書かれている秘密を知っているものが宮廷にひとりいる。そのものが五人目に牙を剝く前に捕らえたい」

「無論、協力するが、そのものとはいったい、誰なんだ」

「それは種明かしのときまで秘密にしておこうか」

「もったいぶりやがって」

「もったいぶっているのではない。一歩間違えば五人目だけでなく、六人目の犠牲者も出るかもしれないのだよ。それだけは避けたい」

そのように言って李飛を納得させると、春麗は老女に礼を言った。

「よくぞ、私を信頼してくれた。そしてこの日記を守ってくれた。これでさらなる凶行を止めることができる」

老女は「どうか藍香様の魂を慰撫してください」と頭を下げた。春麗は死を見送る弔妃として藍香の御霊《みたま》を慰めることを誓った。

†

一人目の女官を殺したとき、老人は奇妙なほど落ち着いていた。彼女は世間に決して口外してはならぬ秘密を知っており、金を渡さねばそれをばらすと宣言していたからだ。彼女がこの世から消え去れば中津国は安寧を保たれる。そう思って彼女を縊《くび》り殺《ころ》した。金を渡すと嘘をつき、現れたところを後ろから首を絞め上げたのだ。

二人目の女官は自殺に追い込んだ。彼女は最初に殺した女官の友人であり、一人目の女官と秘密を共有していたからだ。なので家族の安否を人質に取り、死を強いた。死後、彼女が残した遺書も始末した。暗号で秘密が書かれているかもしれないと思ったからだ。

三人目の女官も同様に殺した。国母藍香様の女官をしていたものは全員、彼女の日記の秘密を知っていたからだ。生かしておけばいつその秘密が露見するか分かったものではなかった。だから毒物を飲ませ始末したあとに池に放り込んだ。入水自殺として処理されるように仕向けたのだ。

四人目の女官を探すのには骨が折れた。彼女は諸自世の屋敷の女官になっており、容易に近づけなかったからだ。しかし、運良く後宮の弔妃が彼女に近づくことに成功し、それに乗じて縊り殺すことができた。死の間際、彼女は自分が秘密を知っていることを示唆した。しかし、絶対にそのことは口外しないとも言った。老人は彼女を殺すか逡巡したが、結局、その命を奪った。彼女の気持ちが未来永劫《みらいえいごう》変わらないという確信を持てなかったのだ。

これで真実を闇の中に閉じ込められる――と安心することはできなかった。国母藍香に仕えた女官はまだいるからだ。少なくともあとひとりは始末しなければと思っていたが、当時の記録は残っていなかった。国母藍香に仕えた女官が現在どうしているか、その消息を追うことができなかったのである。

しかし、天は老人に味方をした。皇帝陛下が自分の母親に仕えていたものは名乗り出るよう布告を出したのだ。命が狙われぬようにとの配慮であるが、老人にとって好機以外のなにものでもなかった。老人は女官が名乗り出るのを今か今かと待ちかねたが、その日はついにやってくる。老人は部下から名乗り出た女官の姓名と現在の所属を聞くと、〝護衛〟するという名目で彼女を呼び出した。

そう、老人は宮廷を自由に行き来できる人物なのだ。さらに言えばその女官を庇護すべき立場の人物だったのである。

まさか自分を守るものが自分を殺すなどとは夢にも思っていないだろう。老人は短剣を取り出した。特別なものではない、どこにでもある有り触れたものであるが、その殺傷力は折り紙付きであった。昨晩入念に研いだそれを持って女官のもとへ向かう。

庇護を求めてきた女官は現在、朱雀宮で掃除婦をしているらしい。

東屋《あずまや》などの管理も任されているそうで、そこで老人を待っているとのことであった。

夜の時間帯を指定してきたのは不審であったが、闇に紛れたほうが犯行はしやすいだろう。その女官が最後のひとりであるので、万が一にも仕留め損なうわけにはいかなかった。

決意を新たにすると、老人は急ぎ足でそこに向かった。

これが最後の務めだと思うと気がはやるのだ。

国母藍香の秘密を知っていると思われるものはすべて抹殺せねばならない。

それは老人の責務というよりも宿命であった。

ごほ、ごほ、と咳き込む。

手のひらには血の混じった痰《たん》がへばりつく。

自分に残された時間は少ない。

自分の天命は確実に尽きようとしていた。ならば最後に一仕事を終えねば自分の使命を果たしきれない。老人は軽く焦りの表情を浮かべながら朱雀宮の東屋へ向かった。

そこにはすでに洗濯婦がいた。

朱雀宮は薄暗いので人相までは確認できないが、この女が件の女官なのだろうか。尋ねてみる。

「貴殿が国母藍香様にお仕えしていた女官であるか」

「そうです」

女は軽く頭を垂れる。

「藍香様に仕えた女官は次々に怪死を遂げている。貴殿の安全を守るのがそれがしの仕事だ」

安心せいと続けるが、懐に隠した短剣の柄を握る手に力を込める。

「貴殿はこれから衛士が四六時中張り付いて警護をするが、その前に聞いておきたいことがある」

「なんでしょうか」

「藍香様に仕えた女官は貴殿が最後か」

「藍香様は宮廷に戻られてから三年で亡くなられました。それほど多くの女官を雇っていません。私が最後のはず」

「そうか。それで貴殿は〝日記〟を読んだのか？」

「いいえ、読んでいません」

「神に誓って真実か？」

「もちろんです」

「そうか、ではその神に死後、極楽浄土に行けるように頼むんだな」

老人はそのように言うと懐から短剣を取り出した。

ひぃ、とおののく女官。

「な、なにをされるおつもりですか」

「今からこの短剣でおまえを刺し、その後、それがしも腹を切る」

「そ、そんな、どうしてそんなことを……」

「日記を読んだ可能性があるものは生かしてはおけないのだ」

「わ、私は読んでいません。本当です。信じてください」

「四人目の娘も同じようなことを言っていたが、あの世に旅立って貰った。それがしは希代の悪党なのだろう。もしも来世というものがあるのならば虫けらにでも生まれ変わるからそのとき、踏み殺してくれて構わない」

老人はそのように言うと短剣を振り上げ、それを女官の首に突き刺した。

ぐさりっ——

なんとも言えない感触が手に伝わる。安物の紙を束ねたものを刺しているような感覚だ。ただし、刃物はちゃんと女官の首筋に刺さっているようで、大量の鮮血が飛び散っている。

喉を刺された端女はその場で崩れ落ちると、老人の官服を摑んだ。

呪詛の言葉を吐きたいのだろうが、それすら彼女には許されない。

自分がとても罪深いことをしていると自覚している老人は、まともに彼女の顔を見ることができなかった。

ゆえに素早く彼女から短剣を抜き取ると、官服を脱ぎ捨て腹を露わにする。

日記の内容を知っている〝最後〟の人物を始末するのだ。

「この世からそれがしがいなくなれば完璧に秘密は保たれる」

そのようにつぶやくと老人は自分の腹を真一文字に切り裂こうとしたが、それを止める声が響いた。

「やめるのだ。陽管よ」

老人が切腹を中断したのはその声に聞き覚えがあったからだ。聞き慣れた貴人の声。

この国の最高権力者が発した声だった。

「こ、皇帝陛下――」

その声が皇帝以外のものであったら陽管は切腹を中断しなかっただろうが、皇帝が制止するのならば話は別であった。

陽管は皮膚に突き刺す一歩手前で短剣を止める。

「陛下、なぜ、このような場所に」

「後宮に皇帝がいておかしいかね」

「朱雀宮には貴妃は春麗しか住んでおりませぬ。その春麗の屋敷からもここは遠いです」

「なるほどな。しかし、私はここにいる。それはおまえの自害を止めるためだ」

「それがしが死ぬと分かっておられたのですか？」

「ああ、最後の女官を殺し終えたとき、おまえは死ぬと春麗は言った」

「後宮の弔妃が……」

「彼女はおまえが一連の女官殺しの犯人だと推理していたよ」

「なぜ、それがしが犯人だと分かったのですか」

「日記帳におまえの名前が書いてあったそうな。おまえは私が下町で貧乏暮らしをしていた頃から援助してくれていたな。日記に書かれている秘密とやらを知っていると春麗は察したのだろう」

「………日記帳は下町にもあったのか」

「そうだ。下町で暮らしていたときのものは隣家の老女が持っていた。後宮に来てからのものは一人目の犠牲者・崔和が持っていたのだろう。おまえは殺害後にそれを奪って処分したのだな」

「決して世に出てはいけない日記です」

「被害者たちはそれを世に公表するとおまえを脅していたのだな」

「御意」

「おまえは唯々諾々と三人に金を払っていたのか」

「御意」

「しかし、金で解決するのならばどうしてそのままにしておかなかった」

「それはそれがしの寿命が近づいているからです。それがしは肺を病んでいる。もう長くはないと宮廷医官長殿から宣告されている」

「範会がそのように言っていたか。なるほど、春麗はそこからも情報を仕入れていたのだな」

「まこと耳が早きおなごでございます」

「そうだな。しかし、心優しきおなごだ。おまえが殺される謂《いわ》れのない人間を殺さぬよう配慮してくれた。そして自害もせぬように」

「……なにをおっしゃっておられるのです。それがしは先ほど五人目の女官を殺しました。三人目まではそれがしを脅迫していたという言いわけが通じましょうが、四人目と五人目はそうではない。秘密を知っているかもしれないというだけで人を殺したのですぞ」

「安心しろ。おまえの手はそこまで汚れていない。少なくとも五人目の女官はまだ生きている。おまえが刺した死体をよく見てみろ」

つぶやき、先ほど刺した女官を見ると、彼女はむくりと起き上がった。服は血に染まっていたが、その足取りは力強かった。

彼女は「やれやれ」とぼやきながら言った。

「ここ数ヶ月で刺されること三回目だ。この世に生まれ落ちてから何度刺されたことだろうか」

「死体を？」

「な、お、おまえは」

陽管は驚愕した。月光が彼女の素顔を照らす。

そこにいたのは藍香の女官ではなく、後宮の弔妃春麗だった。

「おまえは後宮の弔妃」

「ああ、そうだよ、内侍省礼部府長吏殿」

「おまえが女官に化けていたのか」

「ああ、そうさ」

「つまりそれがしは五人目の女官を殺していないということなのか」

「ああ、そうだ。その手は白くはないが、黒くもない。灰色だ」

「…………」

「どうした、喜ばしいことではないのか？」

「それがしはたしかな信念で女官たちを殺した。そのことに後悔はない。しかし、五人目の女官を殺せなかったことは残念だ」

「ならば安心しろ、五人目の女官はもうこの世にいない」

「なんだと」

「すでに病死している。五年も昔にな。つまり、藍香の日記を読んだものはもうこの世界に私とおまえしかいないということだ」

「そうなのか……」

「ちなみに私を殺すことは不可能だぞ」

「……おまえは秘密を暴露するか？」

「秘密とはなんのことだ。藍香の日記はすでに燃やしたよ」

「……そうか、おまえは中津国の弔妃、歴代皇帝の死を看取るものだものな」

「そうだ。私は政治に関心はない。おまえが憂えていることが世に露見する心配はない」

「……皇帝陛下にも秘密にしてくれるのか」

「ああ、さっき廉新に言い渡した。日記帳の内容はおまえには話さないと。快く承諾してくれたよ」

陽管と春麗の視線が廉新に注がれる。彼は力強く頷いた。

「四人の女官が死に、私の忠臣が腹を切ろうとしてまで隠そうとした秘密だ。今さら死者の墓を暴くような真似はしない」

「陛下、御母堂の秘密を知りたくはないのですか」

「母はあの日記を読めば私は母の子ではなくなると言った。私は生涯、母の子でありたい」

「……立派なお覚悟です」

陽管はそのように言うとむせび泣いた。もはや自害する気はないようだ。ただ、それでも四人もの女官を殺めたことには変わりはなかった。陽管は表向き老齢を理由に内侍省礼部府長吏を辞することを申し出た。皇帝もその辞表を受け取る旨を伝える。

「いつまでもおまえに支えて貰いたかったが、いい加減、私も自立せねばな」

そのように言うと廉新は陽管が残り少ない人生を過不足なく過ごせるように配慮した。洛央郊外にある静かな場所に屋敷を与え、そこで天寿をまっとうするように命じた。

一方、春麗は義理の息子である範会に腕利きの医官を陽管に差し向けるように命令し、陽管はその医官に治療を受けながら天命をまっとうした。六〇と一年の生涯であった。

こうして女官連続殺人事件は幕を下ろした。

内密に処理をしたのでその真相を知るものはごく僅かであったが、宮廷とは日々、噂の種を生むもの。数ヶ月後には端女や女官の死を話題にするものはいなくなっていた。

「人は他人の記憶からいなくなったとき、その死を迎えるのだ」

春麗が感慨深げにぽつりとつぶやく。鈴々は春麗の前に茉莉花茶の碗《わん》をそっと置いた。

「哲学的な言葉ですね。それならば春麗様と出逢ったものはある意味、永遠の命を得たようなものですね」

「ああ、秘密を守ろうと殺人を重ねた老人も、その被害者も、できる限り覚えておくよ」

春麗は茉莉花茶に口を付ける。芳《かぐわ》しい香りが口内を包んだ。

午後の麗《うら》らかな陽気もあって睡魔が襲ってくるが、それを邪魔するかのように鈴々は報告してきた。

「へ、陛下がお見えになるそうです」

相も変わらず皇帝陛下をあがめ奉っているらしい。

「皇帝などその辺の人間と変わらない。そんなにおどおどするな」

「で、でもぉ」

情けない声を上げる鈴々、春麗はいつものように呑気に茶を飲み干すと、鈴々に言づてを頼んだ。

「私は藤棚のある東屋にいるからそこにやってこいと伝えよ。ふたりきりで話したいことがあると言え」

「は、はい。お茶はお持ちしなくてよろしいのでしょうか」

「不要だ。茶は私が入れよう」

そう言うとお盆に湯と茶器を載せ、自分で運ぶ。

「まあ、弔妃様がご自分でお茶をお入れになるなんて」

雨が降るんではないでしょうか、という顔をする。

「私とて皇帝をもてなす気持ちくらいある。この麗らかな陽光の下で皇帝に最上の茶を飲ませてしんぜよう」

そのように言い置き、春麗は藤棚へ向かった。

朱雀宮の藤棚は春麗の屋敷から歩いて一刻ほどの場所にある。

歩くのが遅い春麗は亀のように歩み、皇帝がやってくるのを待った。

廉新は春麗が藤棚に到着してからすぐにやってきた。おかげで湯が冷めずに済んだ。

春麗はそれで茶を入れる。

皇帝はゆっくりと口を付け、

「美味い」

と顔をほころばせた。

「それはよかった。茶を入れた甲斐《かい》があるというもの」

「後宮の弔妃が入れてくれたのだ。格別だな」

「三〇〇年も生きていると茶道楽になる。鈴々に茶の入れ方を教えたのは私だ」

「なるほど、これが本家の味というものか」

「堪能《たんのう》しろよ。――それで今日はなんの用があって来たのだ？」

「用がなければおまえの顔を見に来てはいけないのか」

「政務で忙しいだろう」

「たしかにそうだが、茶くらい飲む時間はある」

「それでは一杯だけ飲んだら去れ」

「それではできるかぎりゆっくり飲もう」

廉新は有言実行するかのようにゆっくりと茶をすると唐突に、

「ありがとう」

と言った。

「…………」

春麗は沈黙を以てそれを受け入れる。

彼が謝礼を述べる理由を察しているからだ。

廉新は三つの事柄について春麗に感謝をしていた。

ひとつ、自身の支援者であった陽管の天寿をまっとうさせたこと。

ふたつ、一連の殺人事件の謎を解いたこと。

みっつ、日記の内容を知っておきながら沈黙を貫いてくれていること。

これらの事柄に対し、廉新は海よりも深く春麗に感謝の念を捧げていた。

廉新は茶を東屋の卓に置くと言った。

「春麗、私は生まれてからこのかたのこと、すべてを覚えている」

「………」

しばし沈黙すると、その症例に相応しい語句を口にする。

「絶対記憶というやつか」

絶対記憶とは母親の産道を出てからのことすべての事象を覚えていることを指す。幼児が稀に赤子時代のことを話すことがあるが、青年期になるとそのときの記憶も薄れていることが過半であった。

しかし、目の前の青年皇帝は今でも赤子の頃の記憶を鮮明に持っているらしい。

「……ならばとぼけても無駄ということだな。おまえはたしかに母親の日記を盗み見しなかったが、その必要さえなく母親が日記になにを書いたか知っているのだな」

「………」

廉新はこくりと頷く。

「母は日記を盗み見れば私が母の子ではなくなると言った。しかし、盗み見るまでもなく、私は母の子ではなかった」

「そうだ。おまえは藍香という女が下町で拾った赤子だ」

衝撃の事実を述べるが、廉新はさして驚きを見せなかった。

「本当の廉新は宮廷を追放されたあとにすぐ死んだ。下町で麻疹《ましん》に罹って死んだのだ」

「そして母は実の息子と同じ年頃の、橋の下に捨てられていた赤子を自分の子として育てた」

「そうだ。実の息子が死んだという事実を受け入れられなかったのだろう。おまえを自分の子として育てた」

「母は私のことを実の息子のように可愛がってくれた。だが、日記にそのことを書いていたということは、罪悪感にさいなまれていたのだろうな」

「おまえの母の気持ちは分からないよ。宮廷から下賜される生活費が減るのを恐れたのかもしれないし、精神が錯乱し、嘘をついてしまったのかもしれない」

「母は私の前では一度も怒ったことがない。それこそ日記以外のことでは叱られたことがない」

「それこそおまえを愛していた証拠だろう。たしかにおまえと母親に血の繋がりはないが、おまえたちは親子だったのさ」

「そう言ってくれるか。そうだと有り難いな」

「ああ、だから思い悩むな。おまえの劣等感の過半が出自にあることは知っている。おまえが子をなそうとしないのは兄への自責の念だけではなく、自分の血統を知っているからだろう」

「……そうだ」

「ならば気に病む必要はない」

「気にも病むさ。偉大なる太祖の血筋は一五代続いた。俺が絶やすわけにはいかない」

「その様子だと一一代皇帝高明帝《こうめいてい》が不義の子だという話を知らないな」

「なんだと⁉」

「一一代皇帝の父は去勢したと偽って後宮に入り込んだ宦官の胤《たね》だよ。廉王朝は事実上、そこで断絶している」

「それはまことか⁉」

「まことさ。廉王朝を見守ってきたこの私が断言しよう」

「おまえはなぜそのことを秘していた。おまえは太祖の血筋とこの国の行方を見守っていたのではないか？」

「ああ、見守っていたよ。陰からな。それで気がついた。太祖の血筋に拘泥するその無意味さに」

「皇統を継ぐことが無意味なのか？」

「ああ、無意味だね。太祖の子孫には名君、凡君、暗君、様々いたが、八代皇帝幽帝《ゆうてい》は暴君であった。名君であった太祖の血筋から暴君が現れたのだ」

「……………」

「血統によって人の能力が決まるのならば王朝など交代しない。この中津国の地にいくつの王朝があったと思うんだ」

「廉王朝や統王朝の前にも八つほど王朝は存在した」

「そうだ。国ですら普遍ではないのに、王朝が普遍のわけがない。ましてや血統に拘泥するなど愚の骨頂だ」

「後宮の弔妃は私に子を作り、この国を治めるべき後継者を定めろ、と言っているのか」

「そうだな。そうしてもいいし、兄の子に継がせて高明帝の血筋を後に繋げてもいい。しかし、どちらにしてもおまえはおまえのままでいい」

「私のまま――」

「おまえは今のところ名君だ。民を慈しみ、自分を律している。それが血統による劣等感からくるものであっても民はおまえの統治を喜んでいるのだ。おまえは民に必要とされているんだよ」

「――民に必要とされているのか」

「そうだ。ついでに私にもな」

「おまえも私を必要としてくれているのか？」

「そうだ」

「それは求愛と受け取っていいのか」

「どう受け取ろうが自由だが、時折、このようにふたりで茶を飲む時間を楽しみにしている、とだけ言っておこうか」

「……そうだな。おまえと茶を飲むのはなによりも楽しい」

「ああ、月に数度、こういう席を設けてくれ。――ただし、あの五月蝿い脳筋宦官は連れてきてくれるなよ」

「おまえは李飛が嫌いなのか？」

「苦手なだけだ。あいつの声は耳にきんきんと響く」

「――分かった。こうして深く語り合うときだけは私ひとりで来よう。しかし、こうしてふたりで夫婦《めおと》のように語り合うのに閨《ねや》を共にしないとは不思議な関係だな、我々は」

「こういった関係を言い表すのに適切な言葉がある。聞きたいか？」

「ああ、聞かせてくれ。心に刻みつける」

「それは友達以上恋人未満だ。――どうだ、言い得て妙な関係だろう」

端整な顔立ちをした皇帝は「そうだな」と軽く微笑み、得心してくれた。

<初出>

本書は書き下ろしです。

この物語はフィクションです。実在の人物・団体等とは一切関係ありません。

◇◇メディアワークス文庫

後宮《こうきゅう》の弔妃《ちょうき》

冬馬《とうま》 倫《りん》

2024年 6 月25日　初版発行

発行者　山下直久
発行　株式会社KADOKAWA
〒102 - 8177　東京都千代田区富士見2 - 13 - 3
0570-002-301（ナビダイヤル）
装丁者　渡辺宏一（有限会社ニイナナニイゴオ）
印刷　株式会社暁印刷
製本　株式会社暁印刷

●お問い合わせ
https://www.kadokawa.co.jp/（「お問い合わせ」へお進みください）
※内容によっては、お答えできない場合があります。
※サポートは日本国内のみとさせていただきます。
※Japanese text only

※定価はカバーに表示してあります。

Printed in Japan
ISBN978-4-04-915234-0 C0193

メディアワークス文庫　https://mwbunko.com/

本書に対するご意見、ご感想をお寄せください。

あて先
〒102-8177　東京都千代田区富士見2-13-3
メディアワークス文庫編集部
「冬馬 倫先生」係

◇◇◇